〔たいめいけん〕のポークソテー

〔たいめいけん〕のカレーライス

〔新富寿し〕の皿盛り

〔まつや〕の太打ち蕎麦

〔竹むら〕の粟ぜんざいと雑煮

〔煉瓦亭〕のポークカツレツ

〔煉瓦亭〕のハヤシライス

〔若出雲〕の仕出し料理

どんどん焼をつくる池波氏

ポテト・ボール

鳥の巣焼

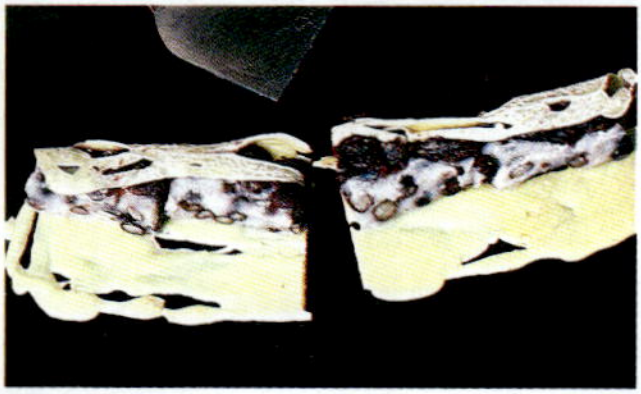

おしる粉

牛天

カツレツ

キャベツ・ボール

パンカツ

やきそば

〔清月堂ライクス〕のクリーム・ソーダとアイス・コーヒー

〔松鮨〕の川千鳥とちらしほか

〔イノダ〕のコーヒーとサンドイッチ

〔開新堂〕の好事福盧

〔刀屋〕のたたずまい

〔刀屋〕のもり蕎麦ほか

〔前川〕の蒲焼と白焼

〔竹乃家〕の叉焼、やきそば、焼売ほか

〔資生堂パーラー〕のチキンライスとミート・コロッケ

カクテル・バー〔パリ〕

〔パリ〕のチェリー・ブロッサム

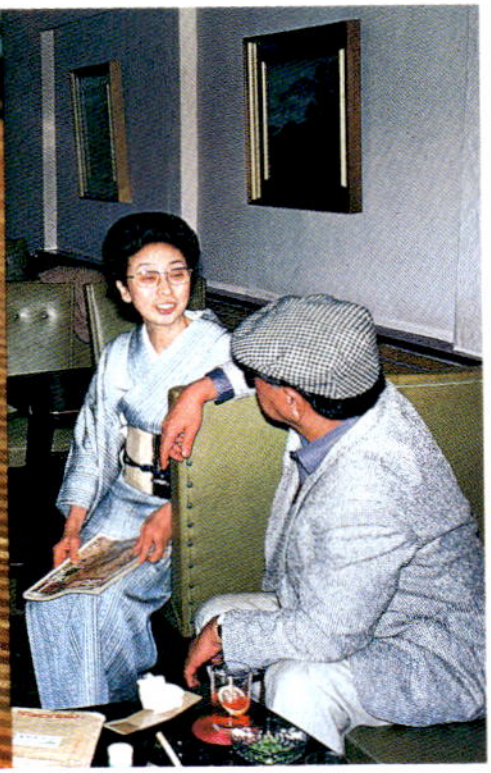

クラブ〔スペリオ〕

〔かざりや〕のあぶり餅

〔蛸長〕のおでん

あぶり餅をつくる

〔ＡＢＣ〕のビーフカツレツとカレーライス

〔大黒〕のかやく御飯と粕汁

〔清風楼〕の焼売と五目やきそば

〔蓬莱閣〕の餃子、醬牛肉、中華蕎麦ほか

〔フルヤ〕のパルメ・ステーキとチキン・チャプスイほか

〔フルヤ〕の主人・古屋美義さん

〔フルヤ〕外観

〔万惣〕のフルーツ

〔万惣〕のホットケーキとフルーツ

〔万惣〕にて

〔初音〕の饂飩

〔初音〕の小谷夫妻

〔盛京亭〕のやきそばと炒飯

ジョワニイのホテル〔ア・ラ・コート・サンジャック〕の朝食

オンゼンのホテル〔ドメーヌ・デ・オー・ド・ロワール〕

フェール・アン・タルドノワのホテル〔オステルリー・デュ・シャトー〕で朝食をとる池波夫妻

新潮文庫

むかしの味

池波正太郎著

新潮社版

4168

はじめに

〔むかしの味〕は、昭和五十六年一月から二ケ年、小説新潮へ連載したもので、早くも約六年がすぎ去ってしまった。

この間に、世の中は大きく激しく変貌《へんぼう》した。この一冊の中に出てくる店も、それぞれ、変化しているにちがいない。

もともと、この本は、いわゆる食べ歩きの本ではない。私の過去の生活と思い出がむすびついている食べものや店のことを語ったものだから、この本を食べもの案内のようになさると、責任はもてない。

しかし、この本を書いた時点で、あらためて取材をしたときは、書いてあるとおりだった。

京都のうどんや〔初音《はつね》〕の老夫婦は、いまも健在だろうか……。

いまの私は、酒を受けつけぬ体となってしまったし、食べ歩く気力もなくなってしまった。

一日に少量のものを腹におさめ、いつでも、わずかな空腹をおぼえるように心がけている。それが体調にもっともよい。外国旅行のときなどは、いつもの七割程度しか食べない。

ともあれ、食べものと人間の生活は、切っても切れぬ関係にあることは、いうまでもない。

六年後のいま、私は、なつかしく、この一冊を読み返したところだ。

池波正太郎

昭和六十三年夏

目次

挿　画　池波正太郎
口絵写真　田村邦男
　　　　　吉岡英隆

むかしの味

ポークソテーとカレーライス――日本橋〈たいめいけん〉

ここ数年の間に、東京ではフランス料理店が雨後の筍《たけのこ》のように増えた。

それは、明治以来、私どもの舌になじんだ、いわゆる日本的洋食ではない。新しい傾向のフランス料理を現地で学んできた若者たちが、つぎつぎに自分の店をひらき、本格の味を提供するようになったのである。

それも十年、十五年の修行を積んでのちというのではない。彼らは外国へ押し出して行き、短い年月のうちに貪欲《どんよく》に吸収し、帰国するや、たちまちに店をひらく。

すべてがそうなのではないが、ともかくも器用で、勘のよい日本の若者たちの中には、いま、熱烈にフランス料理を志向する人が少なくない。

「行ってみると、みんな旨《うま》いよ」

と、五十をこえた私の友人がいった。

「旨いんだけれどねえ、若い連中のは旨さが同じだね。そうおもわないか?」

「ふうん……」

「私なんかは、やっぱり、昔から通いなれた洋食屋の味がいい。第一、飽きないよ」

新しいフランス料理店は、あまりに増えすぎて、

「共食いの状態になりかけている……」

そうな。

むずかしい、いまの時代に、この競争を切り抜けて残った店が年月の経過と共に定着するのだろう。

ところで、東京の日本的洋食屋の中で屈指の店として知られる日本橋の〔たいめいけん〕は、来年（昭和五十六年）で創立五十周年を迎えるという。

先代の主人・茂出木《もでぎ》心護《しんご》は一昨年の六月に亡《な》くなったが、臨終に際して、彼は長男の雅章《まさあき》をよび、家族が見まもっている中で、

「お前は、いまより二倍はたらけ。そうしたら、女房のほかに女をこしらえてもいいよ」

と、いい遺《のこ》したそうな。

「いかにも、おやじらしい」

〔たいめいけん〕ファンの私の友人が、しんみりとそういった。

私が、はじめて〔たいめいけん〕の洋食を食べたのは、もう四十何年も前のことになる。

小学校を出て、すぐに株式仲買店の店員となった私だが、先輩に連れて行ってもら

茂出木心護像
S. IKENAMI

ったのだ。当時の〔たいめいけん〕は日本橋の新川《しんかわ》で小さな店を出してい、細身の神経質そうな若い主人が可愛《かわい》らしい妻といっしょに懸命に立ちはたらいていた。それが茂出木夫妻だった。

そのとき、私が食べたものは、ポークソテーにカレーライスだった。

いまのレストランのメニューに、ポークソテーの名は消えつつあるが、戦前は洋食の花形だったといってよい。

豚肉のロースのよいところを上手に焼きあげて、各店それぞれに得意のソースをかける。

簡単な料理におもえるが、使う豚肉の良し悪《あ》しと焼きぐあいとで、味は全くちがってしまうのだ。

〔たいめいけん〕は、後に現東急デパートの裏通りへ店舗を移し、数年前に改築し、堂々たる店構えとなった。

いま、この店は、先代が考案した〔ひとくち料理〕というのが大評判となっている。二つの盆に盛り合わせた合計十八種の小皿《こざら》料理に、名物のラーメンをそえたものだ。

二階へ行くと、大半の客がこれを注文しているようだ。

だが、本領は何といっても先代以来のビーフステーキであり、ポークソテーであり、各種グラタンであり、海老《えび》や魚の料理だろう。

夕飯どきの少し前の、空《す》いている時間に二階へあがり、先《ま》ず帆立貝のコキールか何かで、日本酒をのんでいると、亡くなった先代が調理場からあらわれて、

「や、いらっしゃい。後で薄いカツレツめしあがりますか?」

と、声をかけてくるような気がする。

この店の洋食は、ワインなぞではなく、日本酒でやるのが、もっとも私にはよい。

上等の豚《とん》ロースを薄目に切ってもらい、こんがりと揚がったカツレツの旨さ。神経をつかって焼きあげたポークソテーの舌ざわり。ベーコンの厚切りを乗せたビーフステーキも、日本酒と御飯に似合う。

階下の食堂は二階より安直に食べられるが、たとえば二階へあがっても、カレーライスをたのむとき、私は階下の安いほうのにしてもらう。そのほうが、なんだか、むかしの味がするからだ。

〔たいめいけん〕の洋食には、よき時代の東京の、ゆたかな生活が温存されている。

物質のゆたかさではない。

そのころの東京に住んでいた人びとの、心のゆたかさのことである。

〔たいめいけん〕の扉《とびら》を開けて中へ踏みこんだとき、調理場の方からぷうんとただよってくる芳香が、すべてを語っているようなおもいがする。

この香りは、まぎれもなく牛脂《ヘット》の香りである。

いまの洋食屋の大半は、ヘットを使わぬようになってしまったらしい。ヘットで揚げたてのカツレツ。その香りのよさ、歯ざわりのよさはまったくたまらない。

それに、料理のつけ合わせだ。

肉や魚の料理に添えてある野菜などは、主役を助ける重要な脇役《わきやく》であって、これが、「御座《おざ》なり」になってしまったとき、その店の格は一段も二段も落ちてしまう。

〔たいめいけん〕の先代・茂出木心護が亡くなる二年ほど前に、某誌の座談会で語り合ったとき、茂出木さんは料理のつけ合わせについて、こういっている。

「研究心が強ければ、つけ合わせは毎月変っているわけなんです。ビーフシチュー食べて、いつもニンジンの艶出《つやだ》しとジャガイモの半月形と板ザヤがついていてはダメなんですよ。今度行ったらロールキャベツの小さいのがついてたとか、シイタケがついていたとか、カリフラワーをチーズで焼いたのがついてたとか、毎月、変っていなくてはね。欲をいうなら毎日でも変えたいところです。それでいて、ビーフシチューよりつけ合わせが勝ってしまってはどうにもならない。ビーフシチューが十のものなら、つけ合わせが八までいったらダメなんです」

また、近ごろの客は、つけ合わせに興味をしめさぬ。そこへもってきて、野菜類が高騰するから、店のほうでも、ついつい、おろそかになってしまうのだろう。

「どうせ、客が食べ残すのだから、高い物を使って、つけ合わせに念を入れてもムダだ」

と、いうことになる。

先日、フランスの田舎をまわって来たが、或《あ》る日、シャルトルの大聖堂前の小さなレストランで安価な定食を食べた。

スープに仔牛《こうし》のソテー、パン、デザートのアイスクリーム、コーヒーで、二千円ほどの定食だったろうか。

このとき、つけ合わせとして小さな鍋《なべ》にたっぷりと盛られたグリーンピースとニンジン、タマネギの温かいスープ煮の新鮮さ、旨さは、また格別だった。

つけ合わせが、まるで一皿の料理としかおもえぬ量感と味。これでは仔牛が負けてしまいかねないが、フランスという国の、自給自足が可能な農業の実態をまざまざとおもい知らされた。

いずれにせよ、料理は客が変えてゆく。

茂出木心護が、

「昔の、古いものを残すってのは大変なことですよ」

しみじみといったのは、このことなのだ。

いまの〔たいめいけん〕は、茂出木心護の長男・雅章が当主となっているわけだが、
「お前は、いまより二倍はたらけ」
という先代の遺言をまもっているか、どうか……。
私の目には、まだまだ、そこまで行っていないように見える。
これからが、雅章の男ざかりだ。
しっかりと、男を磨《みが》いてもらいたい。

＊たいめいけん　東京都中央区日本橋一ノ一二ノ一〇　tel. 03（3271）2463〜5

鮨《すし》──銀座〔新富寿し《しんとみ》〕

戦前の東京の下町には、一つの町内に蕎麦屋《そばや》があり、洋食屋があり、床屋も髪結いもあり、銭湯があり、八百屋も肉屋もあって、これが一つの区内ともなれば天麩羅《てんぷら》、鰻《うなぎ》、そして映画館から寄席《よせ》まであって、他の地区へ出なくとも、日々の暮しから娯楽までが、一つの町内、一つの区内で間に合っていたものだから、私の祖母などは、晩年にいたるまで何処《どこ》へも行かなかった。

亡《な》くなる前に機会があって京都見物をしたけれども、それまでは文字通り、箱根を越えたことがなかったのである。

子供の私たちは、家に客が来るのをたのしみにした。客が来れば、鮨なり鰻なりを出前でとって出す、その御裾分《おすそわ》けにあずかるからだ。出前で、もっとも多かったのは鮨だろう。それがいちばん簡単に食べられるからで、蕎麦だと鮨より安いが出前にすると伸びてしまったり冷《さ》めてしまったり、鰻や洋食だと鮨より高くなるし、何かと面倒だったからだろう。鮨ならば茶をいれ、小皿と醤油《しょうゆ》を出すだけでもてなせる。

どうしたわけか、子供のころから私は小鰭《こはだ》が好きだった。

そのころの鮨屋には、いまのように、ガラスのケースの中へ魚介をならべ、目の前でにぎるそばから食べるなどという店構えは少なかった。

客はテーブルなり、小座敷の卓の前へ腰をおろし、皿盛りになって運ばれてくる鮨を食べたもので、むろん、好みによって、

「マグロを、もう二つばかり」

とか、

「赤貝のヒモをもう一つと、イカを二つばかり」

などと、追加の注文もできたし、

「イカとマグロと海苔巻《のりまき》だけで一人前」

と、いう客もいたわけだ。

黙っていれば、向うがいいように盛り合わせてくれるけれど、いまのように種類はなかった。

また、いまのように、小さくにぎった飯へ厚切りのマグロが被《おお》いかぶさるようになっている鮨は東京になかった。

どちらかというと小判形に、にぎられていて、幼い子供たちは二つに庖丁《ほうちょう》を入れてもらったほどだ。

江戸末期の鮨売り

こうした鮨をにぎる、むかしからの職人たちは、いま、ほとんど亡くなってしまったろう。

むかし、大晦日《おおみそか》などは、蕎麦屋がいそがしいのは当然として、ところによっては鮨屋も、高張提灯《たかはりぢょうちん》を掲げて夜明けまで商売をしたものだった。

いまは鮨の形容も変り、魚介も高騰し、時代の激動は熄《や》むことを知らぬ。

従って人びとの暮しも変れば、当然、食生活も変り、料理屋もレストランも、また鮨屋も、

「変らざるを得ない……」

のである。

近年の私は夜更《よふ》けまで酒をのみ、帰ってから原稿を書くということが、できなくなってしまった。五十をすぎると、もう無理はきかなくなる。

大好きな映画の試写に、ほとんど一日置きに外出をするけれども、その帰りに何処《どこ》かで、ちょっと酒をのみ、腹ごしらえをしてとおもっても、夕方からの開店時間までは大分に間《ま》がある。

そうしたとき、銀座五丁目のあずま通りにある〔新富寿し〕は至極便利なのだ。

この店も〔たいめいけん〕同様に、昼近くに開店したら閉店まで商売をやすまない。

そうしたわけで、戦後の私が〔新富寿し〕へ通いはじめてから七、八年になろうか。もっとも戦前、まだ少年のように若くて、株式仲買店ではたらいていたころ、私はよく、この店へ来たものだった。

先年、八十四歳で亡くなった先代のあるじ・神山幸治郎さんが四十をこえたばかりだったろう。

ちょいと怖《こわ》い人で、なまいきざかりの私が、くわえ楊子《ようじ》か何かで出て行きかけたら、

「若いうちに、そんな見っともないまねをしてはいけませんよ」

と、いってくれたことがある。

この人にかぎらず、さまざまな場所で、さまざまな人たちが、若い者をいろいろと教えてくれた時代なのだ。

〔新富寿し〕の先代は、

「自分の店だけは、落ちついて、お客さんに鮨を食べてもらいたい」

と、念じていただけに、その心がいまも雰囲気《ふんいき》として残っている。さわがしい客はなく、いずれも物静かに語り合い、酒をのみ、鮨を食べる。

たがいに顔を見知り合うようになると、客どうしが挨拶《あいさつ》をかわす。

先代が元気だったころから、もう三十五年もつとめている村田さんと、二十五年もいる伊東さんが鮨をにぎっているのだから、まさに先代の遺風を継承しているわけだ。

この二人の職人が、先代の孫にあたる、現当主をたすけていて、また、この若い当主が実に感じがよい。

ちなみにいうと、先代の末娘の銀子さんは、惜しまれつつ若くして亡くなった四世中村時蔵に嫁ぎ、現歌舞伎《かぶき》俳優の若手である五世中村時蔵・信二郎の二人の母となった。

だから、いまの若主人にとって、時蔵・信二郎は従弟《いとこ》にあたる。

私が、この店の鮨が好きなのは、種と飯とのぐあいがちょうどよくて、飯の炊《た》き方が好みに合っているからだ。

つまり、むかしの味がするからだろう。

〔新富寿し〕が、いかに客へ対して良心的であるかということは、鮨を食べて勘定をはらってみれば、たちどころにわかる。いや、わかる人にはわかるといってよい。

あずま通りの店は、いま改築をはじめるので、すぐ近くの三原小路へ仮店舗を設けたが、

（一時は、銀座から離れてしまうのではあるまいか？）

と、常連たちは大いに心配したものである。

仮店舗だから、テーブルもないけれど、皿盛りもちらしもある。

そして、はじめての客に対して、店の人たちはまことに親切だ。それが端《はた》から見て

いてもよくわかる。
七、八年前に約三十年ぶりで私が入ったとき、むろん、先代が顔をおぼえているはずもなかったから、はじめての客といってよい。
そのときからいままで、店の親切なあつかいは少しも変らない。

私が、ふたたび〔新富寿し〕へ通うようになったとき、先代は信頼する職人たちに仕事をまかせ、勘定台の前へ坐《すわ》っていたが、いかにもおだやかな好々爺《こうこうや》になりきっていた。

亡くなったのは一昨年だが、その二月《ふたつき》ほど前に、注文が立て込んできたものだから、職人たちを助けて海苔巻を巻いている姿を見たことがある。

その手さばきは、まさに見おぼえのあるものだった。

私は母方の祖父に可愛《かわい》がってもらった所為《せい》か、男の年寄りが大好きだ……などといっても、自分が祖父の亡くなった年齢をこえてしまっている。

先代の風貌《ふうぼう》も好きだったが、先代の弟さんで七十七歳にもなる喜代春《きよはる》さんという老人が〔新富寿し〕にいて、店をたすけている。

その立居《たちい》振舞《ふるま》いから言葉づかい、これまた、なつかしいむかしの味がする老人なのだ。

このごろは、顔を見ることができないので、いささかさびしい。

ところで、鮨は何といっても、口へ入れたとき、種と飯とが渾然一体《こんぜんいったい》となっているのが私は好きだ。

飯の舌ざわりよりも、部厚い種が、まるで魚の羊羹《ようかん》のように口中いっぱいにひろがってしまうような鮨は、私にはどうにもならない。

しかし、いまは、そうした鮨が多いのだから、これを好む客も多いということになる。

人の好みは千差万別である。

時代は絶え間もなく変転しているのだから、鮨の変貌も当然というべきだろう。

それはそれでよい。

ともあれ、鮨という食べもの一つにも、時代と人の心が、あきらかに反映していることを、まことにおもしろいとおもう。

＊新富寿し　東京都中央区銀座五ノ九ノ一七　tel. 03（3571）3456

〔まつや〕の蕎麦《そば》

戦後の、日本にとっては未曾有《みぞう》の食糧危機は数年つづき、海軍にいたころ、六十キロあった私の体重は四十二キロに減じてしまった。

そのころの私は役所づとめをしていたのだが、昼飯は、申すまでもなく弁当だった。

はじめは芋の粉で蒸しあげた手製のパンのようなものから、三年もたつと、どうにか弁当箱へ米飯を詰められるようになったが、依然、弁当なしでは外で一日をすごすことはできなかった。

それが、弁当なしで出勤することが可能になったのは、たしか昭和二十五年ごろではなかったろうか。

蕎麦が食べられるようになったからである。

一般的にいって、外食の復興は、蕎麦からはじまった。

そのときのうれしさ、心強さは、たとえようもないもので、

(これなら大丈夫だ。日本は、かならず、復興する)

と、感じた。

その結果はさておいて、戦後の日本と同じように、何百年も前に戦国時代が終り、江戸幕府の天下統一により太平の時代がやって来て、例外はあるにしても、先《ま》ず外食の先頭に立ったのも蕎麦だった。

ちょうど、そのころ、朝鮮の僧侶・元珍が奈良へ来て、蕎麦の割粉《わりこ》に小麦粉を入れることを教えたので、ここに麺類《めんるい》としての蕎麦の原型が日本へもたらされたことになる。

それがまた、蕎麦大流行の基《もとい》となったのだろう。

当時は、戦後の日本が、

「外食を取りもどした……」

その感激とは別の、外食の普及の便利さをよろこんだにちがいない。

やがて、旅をして宿屋へ泊っても、金をはらえば食事の仕度をしてくれるようになった。それまでは、客が宿屋の炊事設備を借り、食物を買って、われから食事をととのえることが多かったのだ。

物の本に、

「蕎麦は土地の肥瘠《ひせき》を論ぜず、一候七十五日にして実熟し、凶荒の備えには便利なり」

と、ある。

江戸時代
そば屋出前持ち

現代の日本は凶荒と皮一枚をへだてた繁栄に酔っているけれども、蕎麦粉さえも三分の二を外地から輸入するという国になってしまった。

それにしても、だ。一時はラーメンに圧倒されて、

「もう、いけません」

と、蕎麦屋を不安にさせたが、いまはまた流行の最中《さなか》にあり、若い客も押しかけて来る。

私などは子供のころから二十《はたち》前まで、心《しん》からの蕎麦好きではなかったが、習慣で蕎麦屋へはよく通った。幼時からの習慣なのである。むかし、子供のころ、祖父や曾祖《そうそ》母《ぼ》は私を連れての銭湯の帰りには、かならずといってよいほど、蕎麦屋へ立ち寄ったものだ。

父もそうだった。母は蕎麦がきらいだ。

子供は、もりやかけなぞ、すこしもうまいとはおもわない。カレーライスやカツライスのほうがいい。

だが、蕎麦屋にも子供が好む一品があった。あの〔カレー南ばん〕という一品だ。

「蕎麦に、あんなドロドロしたカレーなんてものをかけられてたまるものか」

と、大正の末ごろに、関西でカレー南ばんを考えた人が、東京で店をひらき、これを客に出したとき、同業者は憤慨したものだそうな。

それが昭和へ入って大流行となった。

いまでも、有名な蕎麦屋では、カレー南ばんを出さない。

その是非はさておいて、私がよく足を運ぶ神田《かんだ》・須田町《すだちょう》の蕎麦屋〔まつや〕には、この一品がメニューにあって、それがまた、うまい。

うまいといえば〔まつや〕で出すものは何でもうまい。

それでいて、蕎麦屋の本道を踏み外していない。

だから私は、子供のころに連れて行かれた諸々《もろもろ》の蕎麦屋へ来ているようなおもいがする。

そのころの蕎麦屋の店構えが〔まつや〕には残っている。戦災に焼けなかった、この店構えは、そぞろに、下谷《したや》の竹町にあった〔万盛庵《まんせいあん》〕を想《おも》い起させる。

〔万盛庵〕は、小学校の級友・山城《やましろ》一之助の家で、私の曾祖母が、

「本筋《ほんすじ》だよ」

ほめてやまなかった蕎麦屋だった。

山城の家へ遊びに行くと、彼の母上が、蕎麦がきをつくってくれた。

〔まつや〕でも蕎麦がきを出す。この蕎麦食の原型ともいうべき一品はメニューにのっているが、太打ちと柚子《ゆず》切りも、前もって何人かで予約をすればやってくれる。

以前は、いつ入ってもやってくれたが、注文と仕入れと人手不足のバランスがとれ

ないので、いきなり入って注文してもむりなことになってしまった。

〔まつや〕の太打ちと柚子切り……ことに太打ちの蕎麦は、遠いむかしの江戸の蕎麦を目前に見るおもいがする。

味も形態も、実に、みごとなものだ。

そして、この店も午前十一時に店を開けたが最後、夜の八時の閉店まで片時もやすまない。私のような者には、まことに便利な店なのである。

〔まつや〕は、明治初年からあった店だそうな。

それが大正十二年の関東大震災で焼けてしまった後を、いまの小高家が引き継いだのである。

現当主の小高登志さんは、いかにも物しずかな、温和な人物だが、他の同業者の陰口をまったくいわない。

黙々として、この町の、この店へ来る客のために蕎麦を打っている。

〔まつや〕の客は、いずれも、終日をはたらきぬいている客だ。

高い値段で、二箸《ふたはし》か三箸で消えてしまう蕎麦を出す、いわゆる高級蕎麦屋とは無縁の人たちだ。

時分《じぶん》どきには、そうした客で店は、はち切れんばかりとなる。

多くの人たちは、もりをやっている。

つまるところは、もりがうまいのだろう。

私などは、時分どきを外して入り、ゆっくりと酒をのみながら、テレビの日本シリーズなどをたのしむ。

いまは食べもの屋の経営が非常にむずかしくなった。

昼は何時から何時まで、夜は何時からと、その間の時間には、デパートの食堂以外は店を開けていない。怠けているのではなく、それなりの理由あってのことだ。

だから〔新富寿し〕といい、この〔まつや〕といい、むかしの味もさることながら、むしろ、

「むかしの店……」

の気分を、ありがたくおもう。

また、こういう店にかぎって、はたらいている人たちが親切なのだ。

「いまどき、うまい蕎麦を打つのも苦労ですけれど、はたらいてくれる若い人たちを探すのも一《ひと》苦労です」

いつだったか、旅行鞄《かばん》を持って外へ出かけようとするあるじが、私にいった。

「これから信州へまいって、約束の人を連れて来るのです」

こうしたわけゆえ、よくは知らぬが、蕎麦の出前などをしている店も、少なくなりつつあるようだ。

むかしは、十も十五も高々と積みあげた蕎麦を片手と肩で運んで来る出前持ちのコンクールなどもあったようにおぼえている。

しかも、自転車に乗って来る。これを見ると、子供たちは、いっせいに拍手を送ったものだ。

江戸末期に、蕎麦屋を経営していた若い女がいて、出前は、この女あるじがやった。威勢のよい女で、肌《はだ》ぬぎになって出前をすると、その背中に鉞《まさかり》をかついだ金太郎のすばらしい彫物《ほりもの》があらわれ、たちまち大評判になった。

このはなしを、私は〔金太郎蕎麦〕という短篇《たんぺん》小説に書いたことがある。

＊まつや　東京都千代田区神田須田町一ノ一三　tel. 03（3251）1556

栗《あわ》ぜんざい——神田〔竹むら〕

むかし、新国劇の脚本と演出をしていたころは、劇団の二人の男性スタア、辰巳《たつみ》柳太郎と島田正吾の演物《だしもの》を交互に書いたり、演出したりしたものだが、この二人は、性格も芸風も全く対照的であって、二人ともに同じなのは、長年にわたって健康だったことぐらいだろう。

島田は扮装《ふんそう》をするにも長時間にわたって鏡台の前へ坐《すわ》り込み、入念《にゅうねん》をきわめるが、辰巳は子供が使うような鏡台の前で、筆一本で、たちまちのうちに化粧《かお》をしてしまう。

島田は大酒のみだが、辰巳の体質は酒を受けつけない。

つぎの芝居の相談をするときでも、島田とはねっちりと盃《さかずき》を重ねながらするわけだが、辰巳となると、

「ひとりで、のんでくれよ」

と、私には酒を出すが、自分は饅頭《まんじゅう》をむしゃむしゃやりはじめる。

私は、というと、むろん酒のほうなのだが、甘味《かんみ》も時によっては、

（わるくない……）

ほうだから、大阪の新歌舞伎座《かぶきざ》で稽古《けいこ》をしているときなど、酒後に、法善寺横丁の〔夫婦善哉《めおとぜんざい》〕へ立ち寄ることもめずらしくはなかった。

夫婦善哉は、辰巳柳太郎の大好物でもある。

〔夫婦善哉〕をやった後で、辰巳は饅頭の十個も買って宿へ帰り、按摩《あんま》をよび、躰《からだ》を揉《も》ませつつ、またしても饅頭をやるのだ。

私たちの若いころは、酒を酌《く》みかわす友だちと、汁粉屋《しるこや》へ入って映画や文学を語り合う友だちと、おのずから二つの派に別れていたようだ。

私が、その両方を使いわけることができたのは、甘味もきらいではなかったのだろう。

勤めている店に近い日本橋の〔梅むら〕や浅草・奥山の〔松邑《まつむら》〕などが、私の行く汁粉屋で、酒のほうの友だちは、

「ちょっと、寄って行こう」

私が誘うと、

「いいかげんにしろよ」

いかにも軽蔑《けいべつ》しきったような顔つきになり、吐き捨てるようにいう。

酒のみは、甘いものなぞへ振り向くものではないと、おもいこんでいたからだろうが、それも若者の一つの見栄《みえ》のようなもので、

「酒の後の汁粉が、こんなにうまいとは知らなかった」

びっくりしたようにいった友だちもいた。

ところで、汁粉屋というものが、女子供の客をよぶようになったのは、いつごろからだろう。五、六百年前の文献に〔汁粉〕の文字があるそうだが、一般の客をあつめるようになったのは、やはり、江戸時代の中期以後だといってよい。

むかしから、男の客は、あまりいなかったようだが、江戸時代も末期に近くなると、若い男女の密会に、汁粉屋が利用されるようになった。

私が、いまも書いている連作シリーズ〔鬼平犯科帳〕の中の〔お雪の乳房〕という一篇で、火付盗賊改《あらためかた》方の同心・木村忠吾が、足袋屋の娘と密会するシーンがある。

ちょいと、ぬき書きをしてみよう。

そのころ……。

火盗改メ・同心の木村忠吾は、足袋屋善四郎の留守をさいわい、新堀端《しんぼりばた》の竜宝寺《りゅうほうじ》門前までお雪をよび出し、松月庵《しょうげつあん》という〔しる粉屋〕で逢引《あいびき》をしていた。

当時の〔しる粉屋〕というやつ、現代《いま》の〔同伴喫茶〕のようなもので、甘味一点張りと思いのほか、ところによっては男客のために酒もつけようという……松月庵の奥庭に面した小座敷で、早くも木村忠吾、桃の花片《はなびら》のようなお雪のくちびるを丹念に吸いながら、八《や》つ口《くち》から手をさし入れ、固く脹《は》ったむすめの乳房をまさぐっている。

と、ある。

ま、江戸のころの汁粉屋のすべてが、このようなわけではなかったろうけれど、戦前までの東京の汁粉屋には一種独特の洗練が店の造りや器物にあり、しかも女の客が多いだけに、何処《どこ》となく艶《なま》めいた雰囲気《ふんいき》があった。

浅草の奥山にあった松邑などは、いかにも風雅な店構えで、私は此処《ここ》で、先代の猿《えん》之助《のすけ》（後の猿翁《えんおう》。いまの猿之助の祖父）が、ひとりで、ぜんざいを食べているのを二、三度、見かけたことがある。

東京の汁粉を、京阪では〔ぜんざい〕というのだそうな。

東京で〔ぜんざい〕といえば、汁粉よりも、こってりと熱い小豆餡《あずきあん》に粟《あわ》や栗《くり》をあしらって出す。

ことに、粟ぜんざいは私の好物だ。

こうした東京ふうの〔ぜんざい〕が客に出されるようになったのは、おそらく幕末になってからだろう。先《ま》ず、浅草の汁粉屋・梅園《うめぞの》（いまもある）が売り出したという。

現代の汁粉屋は、いずれも喫茶店のような店構えになってしまったが、むかしの趣《おもむき》を

江戸のしる粉売り
志るこ

偲《しの》ばせる店がないではない。

神田・須田町の〔竹むら〕へ入ると、まさに、むかしの東京の汁粉屋そのもので、汁粉の味も、店の人たちの応対も、しっとりと落ちついている。

この一画には、〔まつや〕と〔藪《やぶ》〕の蕎麦、あんこうなべの〔いせ源〕や鳥なべの〔ぼたん〕など、戦災に焼け残った店がかたまっていて、町そのものも、むかしの東京の面影《おもかげ》を色濃くとどめている。

そうした店々で酒をのめば、どうしても帰りに〔竹むら〕へ立ち寄りたくなる。香《こう》ばしい粟と、ほどよい小豆餡のコンビネーションは何ともいえぬ。もっとも、粟が出まわる季節にかぎられているのだが……。

若いころは、いくら食べたくとも、女の客で充満している汁粉屋へ入るのが、(見っともない……)

ような気がして、身をちぢめて食べ、食べ終るや脱兎《だつと》のごとく逃げ出したものだ。

しかし、六十に近い年齢となったいまは、女がいようが子供がいようが、かまったものではない。

一年ほど前の冬に、竹むらへ入ろうとして、戸へ手をかけたら、中から初老の男が出て来て、

「や、正ちゃん！」

と、叫んだ。

十年ほど会わなかった、少年時代からの友だちだった。

この男は、汁粉屋へ行く私に、

「いつになったら、お前のバカは癒《なお》るんだ」

と、いったことがある。

十年前に会ったときも、酒をのみながら、

「まさか、いまだに、妙なものをやっているのじゃあないだろうね?」

というので、

「やってるよ。どうだ、帰りに竹むらへ行こうか?」

「冗談じゃあない。お前さんのバカには、あきれるほかないね」

その友だちが、ほかならぬ〔竹むら〕から出て来たのだから、私もおどろいたが、
相手は尚更《なおさら》に立ちすくんだ。

「この竹むらで、何を食ってきた?」

私が切りつけるようにいうと、友だちは、

「う……う、う……」

ぐっと詰ったが、蚊が鳴くような声で、

「ぞ、雑煮《ぞうに》だ。此処の雑煮はうまい」

と、いう。

「嘘《うそ》をつけ」

「嘘なもんか」

「口の端《はた》に、ぜんざいがくっついている」

「えっ……」

ぎょっとして、つぎには狼狽《ろうばい》して、口の端を掌《て》で擦《こす》った友だちへ、

「お前のバカは、いつからなんだ？」

問いつめた私へ、友だちは泣き笑いを浮かべ、

「今夜から……」

いうや、一散《いっさん》に、交通博物館の方へ逃げ走って行った。

友だちの口の端には、はじめから何もくっついてはいなかったのである。

＊竹むら　東京都千代田区神田須田町一ノ一九　tel. 03（3251）2328

ポークカツレツとハヤシライス――銀座〔煉瓦亭《れんがてい》〕

豚肉にコロモとパン粉をつけ、油で揚げたポークカツレツは、子供のころの私たちにとって最大の御馳走《ごちそう》だった。

浅草の下町にあった我家でも一年のうちに何度か、同じ町内の洋食屋からカツレツを出前してもらうことがあった。

その小さな洋食屋の名は、たしか〔美登広《みとひろ》〕といった。この店では、フライやスパゲティやポテト・サラダを盛り合わせた料理を〔合皿《あいざら》〕とよんだ。

店名といい、この〔合皿〕といい、いかにも大正末期の洋食屋の名残りが感じられるではないか。

中年の夫婦と、はたらきものの娘の三人でやっていた〔美登広〕のポークカツレツは、ロースの薄切りを何枚か重ね、丹念に庖丁《ほうちょう》で叩《たた》く。だから子供の口にも年寄りの口にもやわらかかった。

出前は娘が受け持っていて、

「毎度どうも」

と、岡持ちの蓋《ふた》を開けると、皿と皿との間にワクをはさんだ料理と、小さなソース壜《びん》を取り出す。

それを見つめているときの胸のときめきは、いまも忘れない。

岡持ちの中から、ぷうんとラードの匂《にお》いがただよってきて、おもわず生唾《なまつば》をのみこんだものだ。

岡持ちと、ワクをはさんだ皿とソース壜。

この出前の洋食のイメージは、実に強烈なもので、子供たちにとって鮨《すし》や蕎麦《そば》の出前などとは問題にならなかった。

豚肉をカツレツにすることが日本に流行したのは大正の関東大震災以後のことで、それまではビーフカツレツが主導権をにぎっていたようだ。

いわゆる豚《とん》かつの流行も、そのときからである。

しかし、とんかつとポークカツレツとは、ちがう。

また、カツレツと名乗っても、たとえば上野の〔ぽん多《た》〕のように、豚《とん》ロースの最上肉の部厚いのを、じっくりと揚げ、溶き芥子《がらし》と塩で食べるのも旨《うま》いし、目黒の〔とんき〕の、からりと揚がった独特のコロモに包まれたとんかつもよい。

だが、子供のころの郷愁をさそうポークカツレツとなれば、なんといっても銀座の煉瓦亭だろう。

〔美登広〕の娘さん

そのマッチに、

「銀座も昔は煉瓦地と申しました。その昔から、洋食は煉瓦亭へ」

と、ある。

むかし、私が株式仲買店の少年店員だったころ、仲よしだった井上留吉と煉瓦亭名物の大カツレツを三枚、たいらげた記憶がある。

文字通り、皿からはみ出しかけている大カツレツは、いまも煉瓦亭にある。

さすがに、いまの私は、これをこなしきれない。

並のカツレツか、上カツレツにしておく。

上のほうが並よりも肉がよいわけだが、どうしてか並のほうが、むかしのカツレツの味わいがしてならない。

キャベツがうまい季節になると、別にキャベツを一皿注文する。

カツレツとキャベツとウスター・ソースの取り合わせの妙味を発見したのは、

「うちがはじめてだ」

「いや、私の店だ」

と、各店それぞれに自慢をするが、そんなことはどうでもよい。

ソースをたっぷりとかけて、ナイフを入れると、ガリッとコロモがくずれて剝《は》がれる。これがまた、よいのだ。

コロモと肉とキャベツがソース漬《づけ》のようになったやつを、熱い飯と共に食べる醍醐《だいご》味《み》を、

「旨くない」

という日本人は、おそらくあるまい。

「ちかごろのポークカツレツは、ラードで揚げないから、旨くない」

という人がいる。

たしかにそうだが、煉瓦亭では扉《とびら》を開けて一歩中へ踏み込むと、ラードの香ばしい匂いがただよってきて、食欲をそそる。

改築される前の、この店の活気みなぎるランチ・タイムは、まさに壮観だった。

そのころの煉瓦亭の店構え、雰囲気《ふんいき》は、まさに、この店のポークカツレツにふさわしかったものだ。

ともあれ、近年は洋食屋の店構えが、東京になくなってしまった。

みんな〔レストラン〕になってしまい、構造に特色が消えた。

むかしは、どこの洋食屋へ入っても、ポークカツレツを注文すれば、先《ま》ず、間ちがいはなかった。

キャベツもソースも豚肉も、むかしと今とでは、くらべものにならない。

家庭で揚げても、それなりに旨いのだが、やはり、たっぷりとラードを使えないと

ころが、専門店にかなわない。

ポークカツレツは、とんかつではない。

だから、あまり部厚いのはよくないのだ。

これも、むかしのことだが……。

私と悪友・井上留吉は、上越国境・三国峠の谷底にある法師温泉へよく出かけた。

丸太造りの大きな浴槽《よくそう》に澄み切った温泉があふれ、暖かくなると、天井の梁《はり》に巻きついていた蛇《へび》が湯気に酔って浴槽へ落ちて来るほどの、当時の法師温泉は鄙《ひな》びた湯治場で、いまもそうだが旅館は長寿館というのが一つきりしかない。

ここの夕食には、鯉《こい》のあらいなどが出て、その中にポークカツレツが一皿ついた。

都会のカツレツのように体裁をととのえるわけでもなく、ただ豚肉をぶった切って揚げたにすぎないという、山の湯の宿の武骨なカツレツ。

これを、私も井上も半分残しておき、ソースをたっぷりかけ、女中に、

「これは、朝になって食べるから、此処《ここ》へ置いといてくれ」

と、いっておく。

三国峠から雪が吹きつけてくる季節などには、朝になると、カツレツの白い脂《あぶら》とソースが溶け合い、まるで煮凝《にこご》りのようになっている。

これを炬燵《こたつ》へもぐり込んで熱い飯へかけて食べる旨さは、余人はさておき、井上と

私にとっては、たまらないものだった。

いまも私は、カツレツを半分残し、ソースをかけまわし、翌朝に残しておく。これを弁当にしておいて、夜食に冷飯で食べるのもよい。

それに、いま一つ。

煉瓦亭のハヤシライスも、充分に、むかしを偲《しの》ばせてくれる。ちかごろは〔ハッシ・ライス〕とよぶらしいが、私たちの耳にはハヤシライスの名が定着してしまっている。

薄切りの牛肉とタマネギを手早くソースで煮て、これを熱い御飯へかけた一品。

そのハイカラな味わいは、子供たちを天にものぼるおもいにさせたものだった。

物心がついて、ハヤシライスを何処《どこ》かで食べたとき、

(世の中に、こんなうまいものがあったのか……)

そうおもったのは、私だけではないだろう。

褐色《かっしょく》の、とろりとしたソースの上へ散らしたグリーンピースの緑が鮮烈だった。

ハヤシライスも、むかしの家庭ではうまくつくれなかった。

いまは、缶《かん》入りのブラウン・ソースが手に入るから、私でもつくれる。

私がやるときは、牛肉とタマネギをさっと炒《いた》めておいて、ちょっとシェリーをかけてから、温めておいたブラウン・ソースをあけてしまう。これが、もっとも簡単だ。

先年、亡《な》くなったベテラン喜劇俳優の渡辺篤《あつし》も煉瓦亭のカツレツとハヤシライスの大ファンだった。

＊煉瓦亭　東京都中央区銀座三ノ五ノ一六　tel. 03（3561）7258

仕出し料理――品川〔若出雲《わかいずも》〕

私の亡父・富治郎には二人の姉と一人の妹がいた。私にとっては二人の伯母と一人の叔母ということになる。

上の伯母は、新吉原の老妓《ろうぎ》で名をお梅といい、いかにも吉原の芸者らしい容顔《ようがん》を、いまもおぼえている。下の伯母は、戦前、吉原・仲之町の引手茶屋・一文字屋を経営しており、私は幼時、この二人の義姉のごきげんうかがいに行く母に手を引かれ、吉原へは何度も足を踏み入れている。

そのころ、叔母の清《きよ》は、もう亡《な》くなっていたのではあるまいか。

清も吉原の芸者で、歌舞伎座《かぶきざ》で小鼓《こつづみ》を打っていた望月長太郎《もちづきちょうたろう》へ嫁入り、政彦《まさひこ》という男子を生んで後、病歿《びょうぼつ》してしまった。望月の叔父は後妻を迎えたので、しぜん、池波家とは縁が遠くなったが、それでも子供のころ、母と共に歌舞伎座へ行ったりして、七代目・幸四郎が勧進帳《かんじんちょう》の弁慶を演じているときなど、小鼓を打っている叔父を指して「あれが長太郎さんだよ」と、教えてくれたものだった。

その望月長太郎の子の政彦という従兄《いとこ》の、名は耳にしていても、一度も会ったことはなかった。

ところが、十二、三年前だったろうか、作家の筒井康隆《やすたか》さんが、近所に住む従兄・政彦の女の子をグラビアで雑誌に紹介したことがある。政彦は亡父の名を襲い、望月長太郎となり、小鼓を打っているらしい。

（これは、たしかにそうだ）

と、おもったが、何分、一度も会ったことがないだけに、名乗り出るのもはばかられていたところ、向うも、私の小説を見たりして、

（これは……）

と、おもっていたらしい。

私の筆名と本名とは同じだからである。

そして、二年ばかりすぎた或《あ》る夜、突然、従兄から私へ電話がかかってきた。

こうして、血のつながった従兄と私は、はじめて会ったのである。

二代目・望月長太郎は、私より二つ三つ年上で、戦争中はシベリアへ何年も抑留され、ひどい苦労を重ねてきていた。

実母の清が亡くなってから、家庭における苦労も、生半《なまなか》のものではなかったらしい。

かねてから気にかかっていた一枚の写真とレコードを、ようやく、私は従兄へわたすことができた。

その写真は、まだ叔母の清が健在だったころ、先代の長太郎と三、四歳の従兄が写っているもので、これは私の亡父からゆずられたものだ。

レコードは、先々代・芳村《よしむら》伊十郎が吹き込んだ勧進帳で、小鼓を打つ亡き叔父の長太郎の、豪快な掛声がはっきりと入っている。

従兄は義理がたい人で、私へ、実によくしてくれるが、私は、まだ彼の役に立ってはいない。

それはさておき、私との交際が始まってから間もなく、従兄は二代目・望月長太郎襲名披露《ひろう》の会を国立小劇場でひらいた。

襲名は二十年も前にしていたのだが、披露をしていなかったのである。

私も招《よ》ばれ、二代目の、ただ一人の親類として舞台から挨拶《あいさつ》をした。

この会で、私は従兄夫婦から、品川の仕出し料理屋〔若出雲〕の弁当をもらい、帰宅して後、夜食に食べた。

折箱《おりばこ》の蓋《ふた》を開けて見たとき、私はもう、この弁当の旨《うま》さが半分はわかったようなおもいがした。

折箱の料理というものは、まことに、むずかしい。

調理をして、数時間後に人の口へ入ることになるのだから、材料の選択、調理の仕方、客筋の種類などを、よくよく考え、時間をはからなくてはならぬし、これを良心的につくろうとすると、他の料理にくらべて数倍の神経をつかうことになる。

そして、食べる人が蓋を開けたときに、料理が、いかにも新鮮に見え、食欲をそそるように仕あがってなくてはならない。

しかも、折箱の料理の仕出しは、その需要の性質からして二個や三個ではない。二十から三十、ときには、五十、百という数量になるわけだから、その一つ一つを念入りに調理し、箱へ詰めるということは実に面倒なものなのだ。

現代の大量生産・折箱料理の一形態として、たとえば駅弁を見ても、その凋落《ちょうらく》ぶりは、だれの目にもあきらかだ。

それでも、地方の小都市の駅で売っている弁当には、まだ手づくりの味わいと、食べる人の身になっての、心のくばり方が看《み》てとれる。

その夜、食べた若出雲の仕出し弁当は、先《ま》ず、鮪《まぐろ》の刺身の切りようからして東京ふうだった。他の料理の味つけにも丹精がこもっている。

その後、先代・長太郎の法事があったとき、従兄に招ばれ、品川の若出雲で食事をすることになり、当主の森田弘康さんにも会ってみて、あの夜の弁当の旨さが（なるほど……）と、納得がいったのである。

若出雲の初代は、明治のころ、上州の桐生《きりゅう》から上京し、品川へ来て魚の行商から出発し、のちに、当時、品川で知られた出雲屋という料理屋の世話で、若出雲の看板を掲げたのが、明治末年のころだったろう。

江戸時代の品川は、申すまでもなく四宿の一で、東海道五十三駅の第一駅だった。私は戦前の品川へ、二度ほど足を運んだことがあるが、貸座敷（遊女屋）、料理屋、茶屋などが軒を連ね、江戸時代の繁昌《はんじょう》ぶりが、まだ名残りをとどめていた。

大正の大震災にも、昭和の戦災にも品川は焼け残ったので、十数年前に久しぶりで、ゆっくりと品川を歩いたときも、大きな宿場町の微《かす》かな匂《にお》いが、裏道にただよっていたものである。

いまは、タクシーで八ツ山下を通るとき、旧街道の入口が一瞬、目の中へ飛び込んでくるが、むかしの面影《おもかげ》は、しだいに薄れかけてきている。

従兄は最近、原宿から品川のマンションへ移転したので、仲のよい若出雲の当主とは、いつも顔を合わせているにちがいない。

むかしの品川は、御殿山の花見から汐干《しおひ》狩《がり》、海水浴、それに四季の魚介が豊富に獲《と》れ、それこそ、江戸前の新鮮な料理で知られた店も少なくなかった。

いまもあるだろうが、旧東海道を東へ入り、旧目黒川へ架《か》かる橋をわたったあたりに〔鯨塚《くじらづか》〕があった。

寛政十年（一七九八年）の五月一日に、折柄《おりから》の暴風雨にもまれた大鯨が品川沖へあらわれたのを見て、土地《ところ》の漁師たちが、これを品川の天王洲《てんのうす》へ追い込み、生け捕りにしたという、その記念碑なのだ。長さ九間一尺、高さ六尺八寸という大鯨を浜離宮の海辺へ引っ張って行き、十一代将軍・家斉《いえなり》が見物したそうな。

先日、私は久しぶりで〔野立《のだて》〕と名づけられた、若出雲の持ち帰り用の弁当を食べた。

穴子《あなご》の蒲焼《かばやき》や、鶏肉やタマネギ、三ツ葉、椎茸《しいたけ》などが入った、親子焼と称する卵焼、海老《えび》の塩焼、サザエの煮物、白魚、菜の花の芥子《からし》漬、それに南瓜《かぼちゃ》やコンニャク、椎茸、筍《たけのこ》やフキの煮物に、ヒラマサと旗魚《かじき》鮪《まぐろ》の刺身、筍飯という献立が美しく折箱に入っている。

この美しい色どりと味わいは、まぎれもなく東京のもので、私にはなつかしくてたまらない。

いまの若出雲は、数種の仕出し料理と弁当を出しているが、いつか折を見て、親しい人たちをマイクロバスに乗せ、この店の弁当を持ってピクニックへ行きたいと考えたりしている。

ここまで書いてきて、明日にも品川の〔鯨塚〕を見に行きたい気分になってきた。

品川は、私の恩師・長谷川伸が年少のころの一時期をすごした土地でもある。

当時、長谷川師は北品川本宿《ほんしゅく》の陣屋横丁にあった台屋（仕出し屋）の出前持ちをして、はたらいており、出前先の沢岡楼という遊女屋にいた、おたかという遊女に、

約二十年前の品川・鯨塚

「親切にしてもらった……」

そうな。

この、遊女おたかは、後年、長谷川師の戯曲〔一本刀土俵入〕のお蔦《つた》のモデルとなった。

＊若出雲　東京都品川区北品川一ノ二三ノ八　tel. 03（3471）3351〜2

どんどん焼

私が、ほんの子供のころ、母親が毎日くれる小遣《こづか》いは二銭ほどだったろう。何しろ母は、ひとりではたらいて、祖母と弟と私を養っていたのだから、それでもよいほうだった。

毎月、待ちかねて買う少年倶楽部《クラブ》などは別に金をよこしたし、いくらか余裕があれば五銭、十銭とくれる。

東京の下町の、子供たちの買い食いは駄菓子《だがし》屋にきまっていて、飴玉《あめだま》が二個で一銭、煎餅《せんべい》は一枚、餡《あん》の玉が一個で一銭というわけで、紙芝居も一銭で飴を買って見物できた。

それにくらべると、私たちが「どんどん焼」とよんでいた、いわゆるお好み焼の屋台では最低のエビ天、イカ天、肉のないパンカツなどでも二銭とられたものだ。

何といっても、子供たちがもっとも好んだものは、この〔どんどん焼〕だったろう。

町内には必ず一つ二つ、どんどん焼の屋台が出ていたもので、それぞれに個性があり、子供たちは自分の好みによって、相当に離れた町に出ている屋台へ食べに行ったたものだ。

先《ま》ず、一銭のパンカツというのは、食パンを三角に切ったものへ、メリケン粉〔卵入り〕を溶いたものをぬって焼き、ウスター・ソースをかけたもの。パンカツの上《じょう》は牛の挽肉《ひきにく》を乗せて焼く。これは五銭。

最上のものは〔カツレツ〕であって、これはメリケン粉を鉄板へ小判形に置き、その上へ薄切りの牛肉を敷き、メリケン粉をかけまわしてパン粉を振りかけ、両面を焼きあげたもので、これが五銭から十銭だった。

むろん、ソースやきそばもあるし、オムレツもある。メリケン粉を細長く置いて、これに豆餅《まめもち》と餡をのせて巻き込み、焼きあげたものを〔おしる粉〕という。

キャベツと揚げ玉を炒《いた》めたものが〔キャベツ・ボール〕だ。

こうした戦前の、東京の下町の〔どんどん焼〕は、いま流行のお好み焼とは全くちがう。

そこで、今回は、私が新潮社のクラブで実演してみることにした。

編集者が十何人も食べにあらわれたので、彼らに手つだわせ、約二時間で、数種類のどんどん焼を十人前も焼いた。

この中の〔鳥《とり》の巣焼《すやき》〕というのは、私が十二歳のときに考えたもので、当時、鳥越《とりごえ》神社の近くに出ていた屋台のおやじに、

昭和9年
G IKENAMI

「おじさん、こういうの、やってごらんよ」

と、すすめてみたところ、

「ふうむ。旨《うま》そうだな」

すぐにやってみて、

「こいつは売れる」

と、自分の屋台のメニューにしてしまった。

つぎの〔ポテト・ボール〕も、私がすすめてやらせた。

このおやじ、そのころ三十五、六だったろうか。屋台を出している場所の近くに住む、どこかのお妾《めかけ》さんといい仲になってしまい、

「正ちゃん、店番をたのむよ。そのかわり、好きなものを焼いておあがり」

こういって、上等のカツレツだの牛天《ぎゅうてん》だの、やきそばだのをこしらえ、その女のところへ持って行くのだが、先ず二時間はもどって来ない。

そこで、私は実際に、注文に応じてどんどん焼をつくり、子供の客に売ったのだ。

このおやじは、近辺の女房たちが「役者」とよんでいたほどの美男だったが、お妾さんの旦那《だんな》が博奕打《ばくちう》ちで、ついに現場を押えられ、何処《どこ》かへ連れて行かれ、指を切られてしまったらしい。

子供たちのみではなく、大人たちも、どんどん焼のファンだった。

けれども、大人ともなれば、どこの屋台でもいいというわけにはまいらぬ。

当時、浅草から下谷《したや》にかけて、〔町田《まちだ》〕というどんどん焼の屋台が有名だった。

町田の屋台は、諸方の縁日《えんにち》をまわって出る。

私の家の近くの、溝店《どぶだな》のお祖師《そつ》さまの縁日にも出る。

毎月の七の日が、ここの縁日だった。

さまざまな露店が立ちならぶ外れに、町田の屋台が出ている。町田の屋台はピカピカに光ってい、子供ごころにも品格が感じられた。

町田のおやじは五十をこえていたろう。娘夫婦に死なれ、洋食屋の店もうまくゆかなくなり、おもいきって、どんどん焼の屋台をはじめたと聞いた。

老夫婦が、男の子の孫を連れ、夜店ではたらいているのだが、以前は洋食屋をしていただけあって、やきそばにブイヨンをつかったりするし、牛天やエビ天のようなポピュラーなものでも、他の屋台とは全く味がちがっていた。

縁日の夜になると、祖母も母も叔父も、同居していた母の従弟《いとこ》も、それぞれに注文を出し、私を買いに走らせるのだ。

私は、小学校を卒業したら、すぐにはたらきに出ることになっていたものだから、本気で、

（町田へ弟子入りをして、どんどん焼屋になろうか？）

と、考えたことがある。

母は反対で、

「食べ物のほうをやりたいのなら、たとえば帝国ホテルのようなところへ入って修行するがいい。それなら賛成する」

と、いった。

私は、どんどん焼だからこそやりたいので、結局、このはなしは流れてしまったが、町田のおやじにこのことをはなすと、

「とんでもない。いまのうちから、こんな商売をやるなんて考えてはいけない。こんなものは、ジンセイのハイザンシャがやるものだ」

と、怖《こわ》い顔をしてたしなめた。

(ジンセイのハイザンシャ……?)

とっさには、わからなかったが、やがてわかった。

いまでも私は、夜店の屋台で、たくましい顔に汗をにじませ、鉄板の前で仕事をしている町田のおやじの顔や、その傍《そば》で孫を抱いている老妻の顔を思い浮かべることがある。

茶柄杓《ちゃびしゃく》のようなもので、メリケン粉を鉄板へ落し込み、厚手の〔ハガシ〕を魔法のようにあやつる町田のおやじの手ぎわのあざやかさを、私たちはツバをのみこみなが

ら見まもっていたものだ。

洋食屋の主人として、一時は繁昌《はんじょう》をしていた町田のおやじは、プライドも高かった。

いくらも他に出ている、どんどん焼とは、

(くらべものにならないのだぞ)

という意気込みが、子供たちにもつたわってきた。

できあがったものは、断然、他の屋台とはちがう。

「こんなもの、どこがいいのでしょうねえ」

と、子供にせがまれて、町田の屋台へやって来た或《あ》る病院の院長夫人が、そういったのをきいた町田のおやじは、

「あなたには売りません。お帰り下さい」

と、いったそうな。

これを目撃した小学校の同級生から、私は耳にしたのである。

いまも私は、折にふれて自宅で、どんどん焼でビールをのんだりする。

だが、町田のまねはできない。

したがって、今度、実演したのは鳥越の〔役者〕の屋台のものだ。

〔役者〕の屋台も、当時、かなりの評判を得ていて、子供の私がいうことなども、すぐに採《と》り入れたりする熱心さがあったようにおもう。

みなさんも自宅で、ソースやきそばをおやりになるだろうとおもう。そのとき、ソースをかける前に、ブイヨンでも、固型スープを溶かしたものでも振りかけて炒《いた》めておくと、味が格別のものとなる。

それがないときは、清酒を振りかけてもよい。

クリーム・ソーダとアイス・コーヒー――銀座〔清月堂ライクス〕

五年ほど前に、はじめてパリへ行ったとき、エッフェル塔の下の広場に出ている屋台店で、アイスクリームを買った。

むかしなつかしい、トンガリ帽子型のウエファースの容器に山盛りとなっているアイスクリームの味も、私が子供のころ、舌になじんだ味だった。

水気が多くて、さらっとした味わい。

このようなアイスクリームも、東京の下町では、

「アイスクリーン」

と、いったものだ。

そのとき、同行したT君は、むろん当時の〔アイスクリーン〕を知らないから、エッフェル塔下のアイスクリームを、

「水っぽくて、あまり、うまくないですね」

と、評した。

それはそうだろう。

現代の、どこのアイスクリームとくらべても、味わいからいったら問題にならない。

ただ、私などには、懐旧《かいきゅう》のおもいが旨《うま》さに変るだけのことなのである。

子供のころの私は、めったにアイスクリームを口にしなかった。

限りある小遣いを、そんなものに使いたくなかったのだ。

アイスクリームを買うくらいなら、肉屋で売っているポテト・フライを買って来て、家の火鉢《ひばち》にかけた金網《かなあみ》で焙《あぶ》り、小皿《こざら》のソースへ落し、ジュッと音をたてた熱いのを食べるほうが、ずっと好きだった。

ところが……。

あれはたしか、小学校を卒業する少し前だったとおもうが、母の従弟《いとこ》にあたる竜野寿太郎が浅草の私の家の一間《ひとま》を借り、引き移って来た。

竜野は株式仲買店〔松一《まついち》〕こと松島商店の店員で、のちに私も同じ店へ入ることになる。

何しろ株屋の店員だし、店に隠れて相場《そうば》もやるわけだから、当然、金まわりもよい。

竜野は、よく私を連れ出し、浅草の映画を観《み》に出かけた。

あるときの映画見物の帰りに、浅草の洋食屋〔中西〕へ私を連れて行った竜野が、

「何を食べる?」

「カツライス」

と、洋食屋における私のこたえは決まっている。

食事がすむと、竜野が、

「後は何にする？」

「もう、何もいらない」

「コーヒーは、どうだ？」

「いいよ」

「それじゃあ、何だな。よし、クリーム・ソーダをとってやろう」

「それ、何？」

「知らないのか？」

「うん」

「うまいぞ。おれもそれにする」

「じゃあ、食べる」

そのクリーム・ソーダを口にしたときのおどろきは非常なものだった。

ソーダと果汁の中にアイスクリームが浮いている。クリームを食べ、果汁をのむ。しまいには双方が溶け合って、何ともうまい。

「どうだ？」

「うまいよ」

それから約一年後に、私は竜野がつとめている松島商店の少店員になった。この店には、もう一人の母の従弟もつとめていた。

少店員の私の役目は、先《ま》ず走り使いというわけで、一日置きに自転車へ乗り、丸の内方面の諸会社へ株券の書き換えにまわる。

銀座を見たのも、このときがはじめてだった。

そのうちに、同じ兜町《かぶとちょう》ではたらいている幼《おさな》なじみの井上留吉と出合い、子供のころの旧交をあたためることができた。

向島《むこうじま》育ちの井上が、

「おい、銀座の資生堂へ行って、チキンライスをやってこいよ。うまいぜ」

と、いう。

そこで書き換えの帰りに資生堂へ立ち寄り、チキンライスを食べた。下町の皿盛りとはちがう。物々しい銀の大皿へ盛って来て、それを私と同じような少年給仕が皿へ取り分けてくれる。向うは白い詰襟《つめえり》の服。こっちは紺サージの詰襟であって、双方が何となく照れくさかった。

そのときにメニューを見ると、クリーム・ソーダがあるではないか。

さっそく、たのんだ。

運ばれてきたクリーム・ソーダは、中西のそれなど、くらべものにならなかった。

果汁もクリームも容器までもがちがう。ハイカラとは、このことだとおもった。このとき私は十三歳だったのだ。

それからの私は銀座へ出るたびに、クリーム・ソーダを口にした。資生堂のみではなく、〔モナミ〕や〔エスキモー〕のクリーム・ソーダも味わったが、断然、モナミのがうまかった。

そのうちに、竜野は松島商店をやめ、他の店へ移った。

それからの竜野と、悪友・井上留吉と私は、自分たちの相場のことで他人には計り知れぬつきあいと生活をもつことになるのだ。


こうしたわけで、六十に近くなったいまも、私はクリーム・ソーダが好きである。

初夏ともなれば、映画の試写の帰りに、ふっとクリーム・ソーダが食べたくなる。

初夏の薫風《くんぷう》と、アイス・コーヒーとクリーム・ソーダは、私にとって、

「切っても切れない……」

ものなのである。

そんなとき、私は銀座の松坂屋の裏通り（あずま通り）の清月堂へ足を運ぶ。

ここのクリーム・ソーダとアイス・コーヒーは、銀座でも、ちょっと値段が高いほうだろう。

それはよい材料を使い、仕込みに金をかけているからであって、味は申し分がない。そぞろに、むかしの〔モナミ〕のクリーム・ソーダやアイス・コーヒーを偲《しの》ばせてくれる。

コーヒー通には〔アイス・コーヒー〕など、邪道だといわれそうだが、ほろ苦く、ほろ甘いコーヒーの味は冷たくするときりりとしまる。もっとも、そんなアイス・コーヒーはめったにない。

清月堂が、あずま通りへ新しい店を出してから十四、五年になるだろうか。

そのときから、斎藤戦司君がつとめている。

当時、二十四歳だった斎藤君も三十八歳になった。

そして彼は、清月堂の責任者になっている。

キビキビと立ちはたらく、清潔好きの彼が支配するカウンター越しの調理場は、いつもピカピカに光っている。

そこの椅子《いす》にかけて、コーヒーを、クリーム・ソーダを、また、さまざまなメニューをさばく彼の手さばきを見るのも、私のたのしみの一つだ。

斎藤君は、静岡県の草薙《くさなぎ》の生まれだそうな。

そういえば、いかにも駿河《するが》の人らしい。

こういう責任者といっしょに、私も小さな店を、

（出してみたいな……）

ときどき、そうおもうことがないでもないのだ。

清月堂は、いつも繁昌《はんじょう》している。

私は試写の帰りか、または、近くの新富寿しへ行った帰りに立ち寄る。

そして、コーヒーをのみながら、客が食べているものを、それとなく見る。

若い客が多いけれども、ほとんど彼らはクリーム・ソーダを注文していないようである。

この一品も、

（もはや、時代から取り残されつつあるのではないか……）

ふと、そうおもうことがある。

最近、親戚《しんせき》の女の子を連れて、青山の或《あ》る店へ行き、

「どうだ、クリーム・ソーダでも注文しようか？」

というと、

「そんなものイヤ」

言下《げんか》に彼女はいって、何とかパフェとやらいうものを注文したのだった。

＊清月堂ライクス　東京都中央区銀座五ノ九ノ一五　tel. 03（3571）2037

（現在は、銀座清月堂レストラン　ＬＩＮＴＡＲＯ）

京都〔松鮨《まつずし》〕

京都の木屋町通り三条下《さが》ルところの〔松鮨〕へ、はじめて私が客となったのは、二十余年もむかしのことだった。

この店の鮨の評判は、かねがね耳にしていたし、

「あそこのおやじは変り者で、なかなかにうるさい」

などという噂《うわさ》もきいていた。

だが私は、以前から〔食べもの屋〕に対して物怖《ものお》じをしない性質《たち》である。

〔松鮨〕は、三条小橋の東詰《ひがしづめ》にあって、南隣りが瑞泉寺《ずいせんじ》という寺で、この寺は慶長十六年（一六一一年）に、角倉了以《すみのくらりょうい》が豊臣秀次《とよとみひでつぐ》の菩提《ぼだい》を弔《とむら》うために建てたものだ。

〔殺生関白《せっしょうかんぱく》〕などとよばれた豊臣秀次は、叔父にあたる天下人《てんがびと》の豊臣秀吉から罪を受け、高野山へ押し込められ、切腹を命じられた。

その秀次の悲劇をあわれみ、寺まで建てた角倉了以は、当時の海外貿易商で、のちには京の都に高瀬川を開削《かいさく》し、京都から伏見《ふしみ》、ひいては大阪に至る水運をひらいた。

その高瀬川に、三条小橋が架《か》けられている。

表がまえの小さな店で、時分《じぶん》どきともなれば常客《じょうきゃく》が何人かあらわれたなら、たちまちに満席となってしまうだろう。

そこで私は、或《あ》る日の午後三時ごろに出かけることにした。

暖簾《のれん》が掛かっているのは営業中を意味するので、半間《はんげん》の戸を開け、

「よござんすか?」

声をかけると、付《つ》け場《ば》にいたあるじが、ちらりと私を見て「どうぞ」といってくれた。

小柄《こがら》だが眉《まゆ》が濃く、筋の通った立派な鼻が印象的なあるじだった。当時のあるじ・吉川松次郎《よしかわまつじろう》は五十少し前だったろう。その顔貌《がんぼう》の印象は、亡《な》き十五代目・市村羽左衛《うざえ》門《もん》の晩年の面影《おもかげ》を偲《しの》ばせた。

こうして二度三度と通ううちに、私は、この店の鮨に魅入《みい》られてしまった。松鮨だけが目的で京都へおもむいたことも何度かあった。

いつだったか、私とならんで坐《すわ》っていた常客のひとりが、

「松つぁんは、いのちがけで鮨をにぎっとるからねえ」

ささやいてよこしたことがある。

事実、仕事をしているときのあるじの顔のきびしさは相当のものだったが、にぎり終えた鮨を客の前へ置いた瞬間に、あるじの顔は、にっこりと笑みくずれてゆくので

松鮨先代・吉川松次郎

ある。それが何ともいえぬ。

私は、かつて、このような真剣さで鮨をにぎる人を見たことがなかった。したがって材料をえらぶことにもきびしい。

或る日の宵《よい》の口《くち》に、店へ入って行くと、あるじが厭《いや》な顔をして私を見た。一瞬、戸《と》惑《まど》ったが、すぐにわかった。あるじは今日、仕入れた材料が気に入らないにちがいない。気に入らない魚介でにぎった鮨を客に食べさせることが、

(厭なのだろう)

と、直感した。あるいは、気に入った材料をにぎりつくしてしまったのやも知れぬ。

そこで、私が、

「いまは腹がくちいので、夜更《よふ》けに食べたいから海苔巻《のりまき》を折にして下さい」

いうや、あるじは途端に笑顔となり、

「御主人に、お酒を……」

と、いっしょに店を切りまわしている妻女へいった。

あるじは男の客ならば「御主人」とよび、女なら「奥さん」とよんだ。

二十余年にわたるつきあいで、吉川松次郎は私にも、他の客にとっても、変り者でもなければ、うるさくもなかった。うるさいというのなら、それは自分自身の仕事にうるさかったのだろう。

あるとき、老女がひとり、鮨を四つほど食べて勘定をはらい、

「ここのお鮨、おいしいけど高《たこ》うて、なかなか来られまへんのや」

と、私にいった。

にこにこしながら老女を見ていたあるじが、後で、老女のことを、

「年に二度ほど、お見えになりますのや。うれしいお客です」

と、いった。

頭髪の手入れ、身につけているものの清潔、わけても鮨をにぎる手指、爪《つめ》の手入れなど、吉川松次郎のすべてが完璧《かんぺき》だった。

にぎっている魚介と、あるじの手指が一つになって見えた。

〔松鮨〕の鮨は、東京ふうでもなければ上方《かみがた》ふうでもない、独自のものだ。研究熱心なあるじは諸方へ旅をして味覚を探求しつづけ、それを自分の仕事に活《い》かした。

小鯛《こだい》をかぶせてにぎった鮨を千枚漬で巻き、昆布《こんぶ》でしめた一品を〔川千鳥《かわちどり》〕と名づけて創《つく》り出したのも、吉川松次郎だ。この一品が出るのは十二月から一月のはじめまでだが、いかにも冬の夕暮れの鴨川《かもがわ》を飛ぶ川千鳥の姿が彷彿《ほうふつ》としてくる逸品である。

近年、これを盗みとって、平然と客に出している著名な料理屋を見て唖然《あぜん》となったものだ。

あるじは〔鹿《か》の子《こ》巻き〕とよぶ華麗な巻き鮨も創った。

むかし、京都へ行っての私のたのしみは、午後に〔松鮨〕へ行き、他に客もないことゆえ、ゆっくり酒をのみ、鮨を食べた後に〔ちらし〕を折箱へ入れてもらう。これを夜更けてからホテルへもどり、冷酒《ひやざけ》で食べることだった。

その旨《うま》さについては、去年、松鮨の〔ちらし〕を新幹線へ持ち込んだ中年男が二人、あまりの美しさ、旨さに瞠目《どうもく》し、ふだんは少しもかまってやらぬ女房に、

（見せて、食べさせてやりたくなった……）

勃然《ぼつぜん》とおもいたち、半分残して自宅へ持ち運んだというはなしがある。

この折の〔ちらし〕は先代・吉川松次郎が手にかけたものではない。

二代目の吉川博司が、いまは〔松鮨〕の当主だ。

先代は三年前（昭和五十三年）、突然に発病し、一昨年に亡《な》くなった。

見舞いにも行けず、そのころ、多忙をきわめていて死顔をも見ていない私には、先代の姿や顔、声が、

「生きているままに……」

私の胸にしまい込まれている。

「あれだけの店が、これからどうなるのだろう？」

という人もいたが、長男の博司は、それまで自分が経営していた某デパート内の店を閉じ、敢然と亡父の店を継ぐことにしたのだった。

あれだけの評判をとった亡父の店を、亡父そのままの経営方針によって受け継ごうというのは、非常な決心を必要とする。

かつては、亡父に、

「お父ちゃん。そんな事いうてたら、今日び人使《つこ》うていけんわ」

と、いったこともある二代目が、客の椅子《いす》が七つか八つほどの小店《こだな》で、自分ひとりの腕を売り物に、亡父そのものと化して店を継いだ。

二代目が、それこそ、

「いのちがけに……」

なるのも当然だろう。

店を継いだ当初は、ぎごちないところもあったろうが、いまは立派なものだ。

先代の仕事を見事に偲ばせるばかりか、自分なりの材料を仕込んで研究をおこたらぬ。

去年の暮れに京都へ行ったとき、私は、寺町通り仏光寺下ルところの空也寺《くうやじ》へ立ち寄り、先代の墓参りをした。

先代の戒名《かいみょう》は〔浄林院薫誉松風禅定門《じょうりんいんくんよしょうふうぜんじょうもん》〕という。

少年のころから十余年を大阪の〔福喜鮨《ふつき》〕でつとめあげ、一人前の職人となった二十七歳の折に、先代は、この寺へ墓参りに来て、その帰途、偶然に貸し家があるのを見つけ、独立を決意した。その家が、現在の店なのである。

先代は亡くなる二、三年前から、苦楽を共にした妻女をつれての、外国旅行のたのしみを味わっていたようだ。フランス、ギリシャ、スペイン、イタリア、ハワイ……何度も出かけた。

そのことを、いまになって、

(ほんとうによかった……)

と、私はおもう。

＊松鮨　京都市中京区蛸薬師柳馬場西入ル　tel. 075（221）2946

京都〔イノダ〕と〔開新堂〕

「私の朝は、イノダのコーヒーから始まります。もう、長い間の習慣で、イノダのコーヒーをのまんことには、一日が始まりません」

京都の或《あ》る商家の老主人が、私に、そういったことがある。

堺町《さかい》通り三条下ルところにあるコーヒー店〔イノダ〕へ、午前中に出かけると、まさに、そうした京都の人びとが、のんびりとコーヒーをたのしみ、朝の会話をたのしんでいる姿を見ることができる。

近ごろは、京都に移住して来た外国人が増えたとかで、陶芸などをしている髭《ひげ》だらけの若い外国人が木綿の筒袖《つつそで》の着物にひょろ長い躰《からだ》を包み、イノダの朝のコーヒーを瞑想《めいそう》的に味わったりしている。

先年に亡《な》くなった植草甚一《じんいち》さんが、よく、私にいったものだ。

「どうして、イノダのコーヒーは、あんなに旨《うま》いんでしょうね?」

「さあ……」

コーヒーは好きだが、植草さんほどの〔マニア〕ではない私は、どうにも返事の仕様がなかった。

「ねえ、どうしてでしょう？」

「おわかりにならない？」

「あなた、どうです？」

「コーヒーにくわしいあなたが、わからないのに、私がわかるはずはありませんよ」

その旨さは、日本人の舌に合う旨さだということだけはわかる。

私も京都へ行くたびに、かならず一度はイノダへ立ち寄る。

「一日に一度は、コーヒーをのまなくてはいられない……」

というほどではない私を、何故《なぜ》、イノダはひきつけるのだろう。

格別に特種な味わいがするのではない。しかし理屈なしに旨い。いつ来ても、この店のコーヒーは旨い。
〔イノダ〕は、京都の、コーヒー店の老舗《しにせ》であり、京都人が誇る〔名店〕である。
本店のほかに、いくつもの支店を出しているが、どの店へ行っても、本店と少しも変らぬコーヒーをのませる。

店内の雰囲気《ふんいき》、造作、装飾、器物……何をとっても老舗の格調が看《み》てとれる。
〔イノダ〕のコーヒー豆の仕入れ、その挽《ひ》き方、いれ方、出し方……これが、いまや一つの伝統となってしまっている感じがする。

「イノダ」の朝
SHO. iKENAMi

コーヒーのことばかり書きのべてきたけれども、この店で食べられるものも、みんな旨い。

そうした軽食の中でも、サンドイッチは私が最も好むところのものだ。

イノダのサンドイッチは、近ごろ流行の、まるで飯事《ままごと》あそびのサンドイッチではない。むかしのままの、

「男が食べるサンドイッチ」

なのだ。

ロースト・ビーフ、野菜、ハム、カツレツ、その他のサンドイッチを弁当にして列車へ乗り込み、冷えた缶《かん》ビールと共に味わうたのしみは、何ともいえない。

発泡《はっぽう》スチロールやセルロイドの容器を使った駅弁などには見向きもせず、私は〔イノダ〕のサンドイッチを抱えて列車に乗り込むことにしている。

京都の中京区《なかぎょうく》寺町通り二条上ルところに〔村上《むらかみ》開新堂〕という、古い洋菓子店がある。

開新堂は、明治の初年に、日本で初めての洋菓子店を東京で開いたのだそうな。

明治末年に至って京都店をひらいた人（村上清太郎）が初代で、この人が〔好事福《こうずぶく》盧《ろ》〕という素朴《そぼく》な洋菓子を創《つく》った。

紀州蜜柑《きしゆうみかん》の大きなのをえらび、中身をくりぬいたジュースへ上等の砂糖を加え、リキュールをそそぎ、流水で冷やしてゼリーにし、これを、くりぬいた蜜柑の皮へ詰める。

当時そのままの、この〔好事福盧〕は、いまも健在なのだ。

まさに、明治・大正のころを偲《しの》ばせるパッケージングの古風な美しさ、簡素な風趣は、いまになって見ると、むしろ、モダンな感覚さえただよわせている。

以前、冬の最中《さなか》に京都ホテルへ泊っているときなど、前もって注文しておいた〔好事福盧〕を窓の外へ出しておく。

そして、用事なり、芝居の稽古《けいこ》なりをすませ、酒をたっぷりのんでから、夜更《よふ》けにホテルへ帰り、窓の外から〔好事福盧〕を引き取って食べるのが何よりのたのしみだった。

京都の寒気に冷え切ったゼリーが、酔いにかわいた口中へすべりこむときの旨さは、たとえようもなかった。

いまはホテルに冷蔵庫も備えつけてあるので、このたのしみは中断してしまった。

私にとっての〔好事福盧〕は、やはり窓の外から引き入れなくては、つまらないのである。

〔好事福盧〕は晩秋から春先までしか売っていない。

ずいぶん前のことになるが、例年のごとく十二月の、しずかな京都へ来た私は、村上開新堂で〔好事福盧〕を買いもとめ、ホテルへもどろうとした。

昼ごろであったろう。

開新堂の近くに、尚学堂《しょうがくどう》という古書店がある。

そこへ入ると、歌舞伎《かぶき》俳優の中村又五郎がいて、古書を漁《あさ》っていた。

いまの又五郎さんと私は、親しい間柄《あいだがら》になっているが、当時は、こちらは知っていても向うさまは御存知ない。

で……そのとき、中村又五郎を見たとたんに、私は、

（これだ）

と、おもった。

そろそろ書き出そうとしていた〔剣客商売〕の主人公・秋山小兵衛の風貌《ふうぼう》そのものの又五郎さんだからだった。

そのとき、私は、又五郎さんの後を尾《つ》けて、河原町の丸善から南座まで行った。又五郎さんは十二月の顔見世に出演していたのである。

やがて〔剣客商売〕の連作が始まり、今日に至っているが、テレビ放映のときの秋山小兵衛を演じたのは、中村又五郎ではない。

そのうちに、帝劇で、私自身の脚本と演出で〔剣客商売〕を上演する機会ができた。

秋山大治郎は加藤剛《ごう》、三冬《みふゆ》が香川桂子、そして小兵衛には中村又五郎という、私にとっては夢を見ているような秋山小兵衛を、舞台に出せることになったのだった。

まさに秋山小兵衛、そのものだったといってよかった。

ところで……。

寺町通りの村上開新堂の店構えのよさは、

「まったく、たまらない」

と、いいたくなってしまう。

これぞ、日本のよき時代の具現といってよい。

つつましやかな、タイル張りの三階家で、ウインドーの腰張《こしば》りは大理石だ。

前を通りかかって、注文をしていなかったのに、店の中へ入り、

「好事福盧、残っていますか?」

たずねて、

「へえ、二つ三つ、残ってございます」

と、包んでくれたのを手に外へ出て、しばらくは立ちつくし、開新堂の店構えに見《み》惚《と》れることもある。

＊イノダコーヒ　京都市中京区堺町通り三条下ル　tel. 075（221）0507

＊村上開新堂　京都市中京区寺町通り二条上ル　tel. 075（231）1058

鰻《うなぎ》――浅草〔前川〕

かの万葉集に、

〔石麻呂《いしまろ》にわれ物申す夏痩《なつやせ》によしといふものぞ鰻《むなぎ》捕り食《め》せ〕

という一首がある。

大伴家持《おおとものやかもち》の歌だ。

そのころから、すでに、鰻の豊かな滋養が知られていたことになる。

この歌で鰻のことをムナギといっているのは、鰻の胸のあたりの淡黄色からついた名で、それが転じてウナギとよばれるようになったのだそうな。

いずれにせよ、古いむかしから、鰻は、

「卑《いや》しい魚……」

と、されており、江戸時代に入ってからは、上方《かみがた》はさておき、江戸では深川・本所《ほんじょ》あたりの場末で、鰻の辻《つじ》売りをしていたらしい。

私が連作中の小説〔剣客商売〕の中に〔悪い虫〕という一篇《いっぺん》があり、鰻の辻売りについて書いてあるので、ちょいと、ぬき書きをしてみよう。

江戸時代の鰻の辻売り

辻売りの鰻屋というのは、道端《みちばた》へ畳二畳ほどの木の縁台《えんだい》を出し、その上で鰻を焼いて売る。（中略）

鰻というものは、この当時（安永年間、いまより約二百年ほど前のころ）の、すこし前まで、これを丸焼きにして豆油《たまり》やら山椒味噌《さんしょみそ》やらをつけ、はげしい労働をする人びとの口をよろこばせはしても、これが一つの料理として、上流・中流の口へ入るものではなかったという。

それが、上方からつたわった調理法で、鰻を腹から開いて、食べよいように切り、これを焼くという……そうなってから、

「おもったよりも、うまいし、それに精がつくようだ」

と、江戸でも、これを食べる人びとが増えたそうな。

この後、約二十年ほどを経て、江戸ふうの鰻料理が開発され、背びらきにしたのを蒸しあげて強い脂《あぶら》をぬき、やわらかく焼きあげ、たれにも工夫が凝らされるようになり、ここに鰻料理の大流行となるわけだが……。

と、いうわけで、私が子供のころには、祖父母や父母にとって、鰻を食べるということは一つの奢《おご》りだった。

もっとも、鰻といってもピンからキリまである。そのころ、浅草に〔M〕というチェーンの大衆食堂があって、母などは、そこへ行っては十五銭の鰻飯を食べていたものだが、同じ浅草でも駒形橋の〔前川〕ともなれば、庶民が安直《あんちょく》に入れたものではなかった。

だが、私は子供のころに、飾《かざ》り職だった祖父に連れられ、三、四度、〔前川〕へ入った記憶がある。

その帰り途《みち》に、祖父が、

「今日、前川へ行ったことは、だれにもないしょだよ」

と、私に念を押した。それもおぼえている。

それから数年を経て、株屋の店員になっていた私を〔前川〕へ連れて行ってくれたのは、他の株屋の、現物取引店の主人《たいしょう》で吉野さんという人だった。

私と朋友《ほうゆう》の井上は、この吉野さんと、吉野さんの店の外交員をしていた三井老人とに、ずいぶんと可愛《かわい》がられ、さまざま、いろいろな場所へ連れて行ってもらったわけだが……。

それはさておき、吉野さんの大好物は鰻で、〔前川〕へ来ると、鰻が焼きあがるまでの間、酒をのむわけだが、私どもが何か一品、たとえば肝焼《きもやき》のようなものを注文しようとすると、

「鰻が、まずくなるから、何も食べてはいけない」

　こういって、決して食べさせなかったものだ。

　当時の〔前川〕の離れ座敷は大川（隅田川《すみだがわ》）端《ばた》にあって、創業が文政年間という、この店の面影《おもかげ》を偲《しの》ぶに足るものがあったようにおもう。

　むろんのことに、舟着きも設けられてい、大川の暗い川面《かわも》を、しずかにすべって来る小舟に乗った新内《しんない》や声色《こわいろ》の流しも、酒をのみながら聴けたのである。

　江戸時代の〔前川〕は、さらによかったろう。

　いまの〔前川〕は大川に面していないが、奥の離れ座敷には、むかしの面影が残っている。

　吉野さんは、吉原の遊女を、この〔前川〕へ連れて来て、よく酒食をしたものだ。

　というのも、吉野さん、行きつけの妓楼《ぎろう》の内所《ないしょ》に、よほど信用があったからだろう。

　私も一度、同席をしたことがあるが、廓内《かくない》で濃化粧をした遊女とは、とても同じ女ともおもえぬ地味な姿《こしらえ》で、廓《くるわ》の外へ出て食事することが、たまらなくうれしいらしく、無邪気そのものに、よろこびを全身にあふれさせるありさまは、まるで童女に返ったようなのだ。

　そうした遊女の姿を見るのが吉野さんにも、たまらなくうれしい。

「だからねえ、正ちゃん。私は芸者遊びをしないいんだよ。芸者なんて君、前川へ連れて来たって、あんなに、よろこんではくれやしないものね」

吉野さんが、私に、そう洩《も》らしたことがあった。

〔前川〕の鰻は、申すまでもなく天然のもので、三代にわたるつきあいの、利根川《とねがわ》の業者から仕入れ、冬になると、秋の下り鰻を水田に入れて半冬眠させ、必要に応じて割《さ》く。

これほどに手間をかけているだけに、味は、まったく、むかしと変らない。白焼《しらやき》の旨《うま》さは、いうまでもないが、ここの蒲焼《かばやき》は本当に旨いとおもう。

太平洋戦争中には、タレを疎開させたそうな。

ゆえに、吉野さんは、戦争中に重病となってからも、

「前川の鰻が食べたい」

しきりに、いった。

それをきいたので、私は諸方を駆けまわり、ようやくに鰻の蒲焼を手に入れた。戦争中は鰻も肉もあったものではなかったのだが、たぶん、銀座の〔竹葉〕あたりで手に入れたおぼえがある。

で、すぐに持って行って、

「大将、前川ですよ」

嘘《うそ》をいうと、吉野さんの眼から、どっと泪《なみだ》があふれてきた。

「すまないなあ。よく、手に入ったねえ」

「さ、おあがんなさい」

「うむ、うむ。いただく。ありがたく頂戴《ちょうだい》つかまつる」

だが、吉野さんは三口《みくち》と食べられなかった。

元気なころの吉野さんは〔前川〕の鰻を三人前もたいらげたものだった。

間もなく、吉野さんは亡《な》くなった。

吉野さんは「芸者がきらいだ」と言ったくせに、講武所《こうぶしょ》の芸者を二号にしていた。

その若くて可愛らしい二号のことを、私は〔あほうがらす〕という短篇に書いたことがある。

この二号の名を〔かね子〕といった。

旧友の井上は、後年に、

「吉野さんは、かね子がいたので、前川を三人前もやったのだね」

と、いった。

それればかりではあるまい。

鰻が来るまでは、香《こう》の物さえ、

「食べてはいけない」

と、いった吉野さんである。

それほどに、やはり鰻が好きだったのだろう。

近ごろ、大きな鰻料理屋へ行くと、前菜が出る、椀《わん》盛りが出る、刺身が出る、煮物が出る……というわけで、せっかくの鰻が運ばれて来るころには、私などは満腹になってしまう。

だから、このごろは、人に招《よ》ばれたときなど、鰻の前に出る料理をきいておいて、そのうちの二品ほどでやめにしてもらうことにしている。

鰻屋では、念の入った香の物で酒をのみながら、鰻が焼きあがるのを待つのが、もっともよい。

しかし、いろいろと料理を出さないと、経営がむずかしい時代に入ってきているのだろう。

鰻にかぎらず、これからの料理屋の経営は大変なことになる一方だとおもう。

＊前川　東京都台東区駒形二ノ一ノ二九　tel. 03（3841）6314

信州蕎麦《そば》——上田市〔刀屋《かたなや》〕

戦国時代から江戸時代にかけての、信州の真田《さなだ》家を題材にした小説が、私には多い。

先《ま》ず、はじめて書いた長篇《ちょうへん》の時代小説で、後に〔真田騒動〕と改題した〔恩田木工《おんだもく》〕は、江戸時代になってからの真田家の家老・恩田木工民親《たみちか》を主人公にしたものだが、その他の短篇も数多いし、直木賞を受賞した〔錯乱《さくらん》〕も、真田家の江戸初期の異変をあつかったものだ。

現在、週刊朝日に八年がかりで連載している〔真田太平記〕は、そうした真田物の総決算のかたちになってしまった。

こうしたわけで、私が真田家に対し、特殊な執着《しゅうじゃく》をもっているかのように見られてきたが、格別にそうなのではない。

そもそも、はじめての時代小説を書くとき、亡師・長谷川伸の書庫で、何気なく手に取った〔松代《まつしろ》町史〕二巻の目次を見ているとおもしろそうなので、それを拝借したのが、私を真田家に結びつける切掛《きっかけ》となったのである。

信州・松代十万石は、封建の世が終るまで、真田家の領国だった。

こうして〈恩田木工〉を書いたわけだが、長谷川師が図書の貸出帳《かしだしちょう》を見ただけで、私に、

「君は、いま、宝暦の真田騒動を書くつもりらしいね」

と、看破《かんぱ》されたのには、恐れ入ってしまった。

恩田木工を書くためには、当時の経済、政治、その他の風俗なども調べあげておかなくてはならぬ。それを、長い時間をかけてやったことにより、時代小説を書くための基盤が、どうやらできたといってよい。

むろんのことに、松代へも何度か足を運び、松代町史を執筆された郷土史家の、故大平喜間太《おおひらきまた》氏を訪ね、いろいろと、おもしろいはなしをうかがった。

ゆえに〈恩田木工〉を書き終えたとき、真田家に関《かか》わる素材をいくつも得ることができたので、その結果として、何篇かの小説が生まれることになったのだった。

あのころは、一年のうちに何度も信州へ出かけて行った。

少年のころから、私は信州が好きだった。そのころは専《もっぱ》ら山登りに出かけたので、松代町史に心をひかれたのも、その下地《したじ》があった所為《せい》かも知れない。

真田家のことを調べるとなると、松代のみか、上田へも足を運ぶことになった。

真田家は、清和天皇の皇子・貞元《さだもと》親王から数代の後に、信州の真田ノ庄（現長野県上田市の北方）に居城をかまえ、信州の一勢力となった。大勢力ではない。ゆえに、

戦乱の時代となって、甲斐《かい》の武田信玄、ついで織田、豊臣、徳川と、目まぐるしく変転する覇権《はけん》に従って、戦乱の世を切り抜け、家名を存続させることを得た。

関ケ原戦の折に、真田家は、当主の昌幸《まさゆき》と次男・幸村《ゆきむら》が西軍へ、長男・信之《のぶゆき》が東軍へ参加し、親兄弟が敵味方に別れたが、このときまで、信州・上田城は真田家の本城だったのである。


上田行が重なるうちに、私は、上田市役所の観光課にいる益子《ましこ》輝之《てるゆき》さんという友を得た。

この人は若いころから郷土の歴史にもくわしく、茶の湯、日本舞踊の名取りで、素《しろ》人芝居《うと》の立女形《たておやま》、落語も講談もやるという、いまどき、めずらしい人なのだ。

上田へ行くと、益子さんをよび出し、馬肉を食べたり、蕎麦を食べたりしながら語り合うのが、まことにたのしい。

上田駅にも近いところにある蕎麦屋の〔刀屋〕へ、はじめて、私を連れて行ってくれたのも彼である。

私は、たちまちに、この店が好きになってしまった。

あるじの高桑敏雄《たかくわとしお》さんが、はじめて蕎麦屋になったのは二十数年前のことだそうで、それまでは、

生蕎麦
しな乃や
田毎乃月

「魚屋、八百屋、蕎麦屋の職人……もう、いろんなことをやりました」

と、いう。

あるじの蕎麦切《きり》の手練《しゅれん》のほどに、はじめはびっくりしたものだ。その庖丁《ほうちょう》の冴《さ》えは、息子さんへ受けつがれているが、七十をこえた高桑さんも、元気ではたらいている。

刀屋へ入って、たとえば、鶏とネギを煮合わせた鉢《はち》や、チラシとよぶ天麩羅《てんぷら》などで先《ま》ず酒をのむ。信濃《しなの》独特の漬物もたっぷりと出してもらう。

客が混《こ》み合わぬ時間をねらって、ゆっくりとたのしむ気分は何ともいえない。

家族総出の、あたたかいもてなしには、どの客も満足してしまうだろう。

ことに、娘さんの高桑房美《ふさみ》さんの、ほがらかな、テキパキとした客あしらいは、食べる物を、さらに旨《うま》くさせてくれる。

そして、大根オロシとネギが、たっぷりとそえられた名物の大もり蕎麦。

これをはじめたとき、高桑さんは、

「他の店でやらないようなことをしてみたかったのですが、お客さんが、果して、これだけの量の蕎麦を食べきれるか……という、興味もありましてなあ」

食べる人もいるから、いまもつづいているのだろう。

私などは、並のもりが精一杯だ。

「刀屋という屋号がいいね」

私がそういうと、益子さんは、

「この家の先祖は、鎌倉時代には信濃の判官《はんがん》だったというんですがね」

「なるほど」

「後年、加賀の前田家に仕《つか》え、刀や鍔《つば》を打っていたそうで、それが、いまから四百年ほど前に、また上田へもどって来て、刀鍛冶《かじ》をやっていたとか聞きました」

それゆえ、高桑家が明治になって、米屋に転業したときの屋号が〔刀屋〕となった。

「儲《もう》からなくても、いいのです」

と、老主人はいう。

「値段、味、そして量。たくさんの人に満足していただく。それだけのことを考えてやっています」

刀屋へ私が連れて行った友人たちは、私に会うと、かならずいう。

「また、刀屋へ行きたいですねえ。あの店のたのしげな雰囲気《ふんいき》が、ほんとにいい」

ところで、私の家と信州・上田とは、まんざら縁がないわけでもない。

私の母方の祖母の先祖は、上田城下の造り酒屋だったそうな。

何とはなしに、信州と私との因縁を感じる今日このごろなのである。

＊刀屋　長野県上田市中央二ノ一三ノ二三　tel. 0268（22）2948

中華料理——松本市〔竹乃家《たけのや》〕

戦前の遠いむかし……ようやく、少年期を脱したころの一時期、私は山登りに熱中したことがあり、同時期に、ちょっと剣道の稽古《けいこ》もした。

当時の、私の生活は健全なものとはいえなかった。私と同じ仕事と生活をしていた従兄《いとこ》は、一足先に陸軍に召集されたが、母と私が面会に行ったとき、あらわれた従兄の憔悴《しょうすい》ぶりに私はおどろいた。

従兄は、母も知らぬ私の生活の一面をよくわきまえている。

その所為《せい》か、凝《じっ》と私を見つめて、

「おい。毎朝、駆け足をしておけよ」

こういって一瞬、間《ま》を置いてから、何ともいえぬ深刻な声で、

「軍隊は、辛《つら》いぞ」

と、いったものだ。

従兄と私がしていた仕事と生活は、いまにしておもえば、たしかに若い男の心身にとって感心したものではなかった。

だからといって何も私たちが、悪事をはたらいていたのではない。

日本が戦争をしていなかったら、格別にどうのということはないのだが、若い男である以上、従兄にせよ私にせよ、有無をいわせず、軍隊へ、戦場へ駆り出されることになる。

当時の軍隊生活が、どのようなものか、現代の若者たちには想像もつくまい。

私たちと同業の若者たちが召集されると、どうも、戦病死が多かった。

ペンと算盤《そろばん》しか持ったことがなかった従兄も、たちまち、軍隊に生気を吸いとられてしまい、重病にかかり、兵役を免除されて東京へ帰って来たが、これが原因となって戦後間もなく亡《な》くなってしまった。

そういうわけで、私も、

(浮か浮かとしてはいられない……)

と、おもったのであろう。

山登りや剣道をはじめ、躰《からだ》を鍛えようとしたのも、ひとえに、

(戦病死では、死んでも死に切れない)

そうおもったからだ。

さて、山登りといっても、上越から甲州の、あまり高くない山々へ出かけることが多かった。それでもアルプスの穂高と燕《つばくろ》の両山へは登っている。

当時、木下仙《きのしたせん》という作家の、モダンな山岳小説……というよりは、上高地のキャンプ小説が好きだったので、上高地では四度びほどキャンプをした。

島々《しましま》の、農家の斎藤さんという五十男が、アルバイトで私の荷物を背負ってくれ、万端、世話をしてくれたのだが、それでも、あの胸を突かれるような徳本峠《とくごう》を喘《あえ》ぎ登る苦しさは、たまったものではなかった。そのかわり、峠をのぼりきった途端に、突如、上高地の美しい展望がひらける、その醍醐味《だいごみ》もまた、何ともいえぬものだったのである。

「こんなのは、本当の山登りではねえ。若いのに、あんたはぜいたくだよ」

と、斎藤さんに何度も叱《しか》られたものだ。

さて……。

上高地の帰りには松本へ出て、近くの浅間温泉へ泊る。

そんなときに、斎藤さんが、

「とても旨《うま》いから、寄ってごらんなさい」

と、教えてくれた〔竹乃家〕の中華料理を、はじめて口にしたのだった。

そのとき、印象に残っていたのは、自家の竈《かまど》で焼いた叉焼《チャシュウ》だった。

戦後になって、はじめて松本へ行った二十数年前に、

(まだ、竹乃家はあるだろうか？)

上高地のキャンプ

なつかしくおもい尋ねてみると、〔竹乃家〕も独自の叉焼も健在だった。

そして、あらためて私は、この店の料理の旨さにおどろいた。

以後、松本へ立ち寄れば、かならず〔竹乃家〕の料理を口にせずにはいられない。

自家製の細打ちのやきそば、名物の焼売《シユウマイ》、そしてワンタン、酢豚《すぶた》など、むかしから日本人の舌になじんできたものの旨さはいうまでもないが、他の、すべての料理や各種のスープも捨てがたい味をもっている。

その、しっかりとした調理は、写真からも看《み》てとれる。

松本に住み暮す人びとはもとより、たとえ一年でも松本にいた人ならば、先《ま》ず〔竹乃家〕を知らぬはずがない。

〔竹乃家〕という店名も、中華料理の店としておもしろいし、それには大正の末期に、中国から帰化した先代の石田華《か》さんが開店したころの、松本市の雰囲気《ふんいき》がそこはかとなく感じられるではないか。

いずれにせよ、よき時代だったのである。

先代は広東省《カントン》の人で、上海《シヤンハイ》航路の船で料理の修行をしたのだそうな。

現店主の石田明さんは、

「店の名は、松本に、父と母の恩人にあたる竹原さんという方がおられまして、その竹の字をとって店名としたのだそうです」

と、いう。

竹乃家へ四、五人で行き、腹いっぱいに食べ、勘定を払うときの、物価が高すぎる東京人のおどろきは、そこへさらに、

(こんなに旨くて……)

の、おもいが加わる。

また、この店の従業員たちの親切な接待が、こころよい後味を、いつまでも残してくれる。

「うちは従業員に対する人件費が、他の店にくらべて低いかも知れません。でも、定着してくれています。職場の雰囲気が影響しているのでしょうか……」

と、石田さんは淡々と語るが、この言葉の意味は、現代において、まことに深いものを蔵しているといわなくてはなるまい。

端正な風貌《ふうぼう》の、いかにも物しずかな石田さんも六十をこえて、長男がコック長である。

それに、この料理店の内部の落ちつきはどうだろう。私のような年代のものにいわせるなら、昭和初期の、人の心と生活が、まだ充分に潤《うるお》いと余裕をたたえていたころの雰囲気がただよっている。

石田さんは、

「材料の値上り分を売値にのせることが、どうしてもできない」

切なげに洩《も》らした。

この良心が固定客をつかんでいればこそ、営業をつづけていられるのだろう。

これは〔刀屋〕も同様なのであって、実に、むずかしいバランスの上に、料理店の良心を保ちつづけているのだ。

来年の初夏にでもなって、浅間温泉に七日ほども滞在し、昼どきには松本へ出て来て、

(竹乃家のやきそばや、ワンタン、鶏片湯《カイペントン》、チャプスイ、それに豚肉ロースとハムの合わせ焼やらを食べられる日々を送ってみたいな……)

と、実現しそうもない夢を、私はたのしんでいるところなのだ。

チキンライスとミート・コロッケなど——銀座〔資生堂パーラー〕

銀座の資生堂パーラーで食事をするとき、いつも、かならず、二人の少年の顔が脳《のう》裡《り》に浮かんでくる。

一人は、幼年時代からの友だちの井上留吉である。

一人は、ほかならぬ資生堂パーラーではたらいていた山田君だ。

二人とも、もし生きているなら、井上は私と同年、山田君は一つか二つの年下だろう。

井上との交友は長く深く、たがいに、

「切っても切れぬ……」

間柄《あいだがら》となる。

井上と私は、共に浅草生まれで、小学校を卒業すると、兜町《かぶとちょう》の株式仲買店の少店員となったが、勤める店はちがっていた。

少店員の仕事は、先《ま》ず、使い走りからはじまるが、慣れてくると丸の内界隈《かいわい》の会社を、株券書き換えの手つづきに自転車でまわる。その帰り途《みち》には、きまって銀座へ出て、道草をたのしんだものだった。

資生堂パーラーの存在を、

「おどろいたよ。チキンライスが銀の容物《いれもの》に入って出てくるんだぞ」

と、私に教えてくれたのも、井上留吉だった。

チキンライス、カツレツ、コロッケ、メンチ・ボール（ハンバーグ・ステーキのごときものなれど、いささかちがうのだ）などは、下町の洋食屋で私たちの舌になじんでいたものだが、

「さすがに、銀座はちがうね」

と、いうわけで、私も、さっそくに出かけてみた。

盛り場といえば、浅草と上野しか知らなかった私と井上にとって、はたらきに出て、はじめて目にした銀座の街は、

「匂《にお》いが、ちがうね」

この一言につきた。

いまは、どこの町も同じような匂いしかしなくなってしまったが、戦前の銀座の匂いは、まさにバターと香水の匂いがしていた。そのモダンな香りに井上も私も酔い痴《し》れていたといってよい。

下町に育った子供は早熟で、小学生のころから大人のまねをして、デパートや町の

食堂へ入って行くこともめずらしいことではなく、したがって、銀座のレストランといえども、まったく物怖《ものお》じをしなかった。

ネオ・ルネッサンスふうの、中央を吹きぬきにして二階は回廊のおもむきを見せ、階下正面の大理石のカウンターにソーダ・ファウンテンのおもかげをそなえていた資生堂パーラーは、戦後、むかしのままに復活したが、いまは九階建の近代的ビルディングに変ってしまった。

さて……。

私が、はじめて入った資生堂パーラーの二階の席へ坐《すわ》ったとき、白の制服に身をかためた少年給仕が来て、注文をきいた。

この少年が、山田君だった。

二人は、共に小学校を出て、すぐさま、はたらきに出た身であることを、目と目を見かわしたとたんに確認した。二人とも、もう顔へニキビが出はじめていた。

私が注文したのが、チキンライスだったのはもちろんだが、つぎに行って、

「今日もチキンライス」

と、いうと、山田君が、

「今日は、マカロニ・グラタンいかがです?」

「マカロニ……」

マカロニなんて、そのときまで、見たことも口にしたこともなかった。

「うまいですよ」

「よし。それ、下さい」

何事にも好奇心が旺盛《おうせい》な年ごろだ。私はマカロニ・グラタンに挑《いど》み、熱いトマト・ソースの香りと味に満足し、

(こりゃあ、西洋饂飩《うどん》だな……)

と、おもった。

つぎに行くと、山田君が、

「今日は、ミート・コロッケがいいです」

決定的にいう。

このコロッケにも、私はびっくりした。

ジャガイモのコロッケを食べなれていた所為《せい》だろう、クリーム・ソースにくるまれた肉のやわらかさ、揚げ油の香気……何ともいえぬおもいがしたものだ。

当時、私や井上の月給は金五円だったが、衣食住は店でもっているわけだから、すべてが小遣《こづか》いになるし、何といっても、むかしの株屋のことゆえ、お客の使い走りをすれば、かならずチップが出る。これが月給の二倍にも三倍にもなるのだから、一週間に二度は銀座でいろいろと食べることができた。

S. IKENAMI

マカロニ・グラタンとミート・コロッケとチキンライス、この三品は、いまも〔資生堂スタイル〕の名称のもとに、メニューへ残っている。

こうして、足かけ三年ほどの間、山田君と私の、資生堂における交友がつづいたわけだが、或《あ》る年のクリスマスに、岩波文庫の、ウェブスターの〔足ながおじさん〕を買って、山田君へ、

「プレゼント」

といってわたすや、すかさず、彼も小さな細長い包みを私に、

「ぼくも！」

といって、わたしてくれた。

私は、うれしさのあまり、彼が去った後で、テーブルの下で包みを開けて見て、真赤になった。

山田君のプレゼントは、何だったとおもいます……？

それは〔にきびとり美顔水〕だったのである。

申すまでもなく、私は、これを用《もち》いたし、山田君は〔足ながおじさん〕を読んで、

「ジュディ・アボットって、いいですねえ」

と、いってくれた。

ところで、私が一年ほど銀座をはなれている間に、山田君は資生堂パーラーをやめ

てしまった。

そして、太平洋戦争がはじまった。

私は海軍にとられ、新兵教育を終えたのち、曲折を経て、横須賀《よこすか》海兵団の浪人分隊（第三分隊）へもどって来た。

夏の或る日、体操の時間に飛び出して行くと、向うから駆けて来た水兵が、

「あっ……」

と、叫んだ。

山田君だった。

「しばらく……」

「海軍は辛《つら》いねえ」

語り合う間もなく、たがいに分隊の名を告げ、

「明日ね」

「きっと……」

あわただしく別れ、私は分隊へ駆けもどって来た。

明日をたのしみにしていると、ちょうど、この日に私の配属が決まった。

横浜航空隊への配属だった。

浪人水兵五名と共に、翌朝、横浜へ向った。

山田君の分隊を訪れる暇はなかった。

それきりである。

彼は、どのような戦雲を体験したろう。

少年のころの友情は、深い配慮がともなわぬだけに、長く育《はぐく》まれないものらしい。

たがいに、たがいの住所さえ、告げていなかった。

銀座も資生堂パーラーも、私たちも変貌《へんぼう》してしまったけれど、資生堂スタイルの三品だけは、いまも変らずに残っている。

＊資生堂パーラー　東京都中央区銀座八ノ八ノ三　tel. 03（5537）6241

横浜の酒場〔スペリオ〕と〔パリ〕

「ねえ。これ、ここんとこ、よく見て下さい」

と、横浜の常盤《ときわ》町の一角にある、カクテル・バー〔パリ〕のママ・田尾幸子さんが私にいった。

それは、女性雑誌のカラー・ページで、〔パリ〕の立飲台《コントアール》に立っている若い男女を撮《と》ったものだったが、

「ほら……ここんとこ、ここんとこ」

ママが指さしたカラー写真の一隅を見て、私は、おもわず、

「あれ……これ、田尾さんみたいだ」

「ね、そうでしょ。田尾でしょ」

「ふうむ……」

しかし、このカクテル・バーの創始者であり、ママの御主人でもあった田尾多三郎《たさぶろう》さんは、数年前に病歿《びょうぼつ》してしまっているのだ。

「ふしぎだなあ……」

「ふしぎでしょ」

赤いガーベラの花のようなものが、まさしく、亡《な》き田尾さんの横顔に見え、茶のチョッキをつけた腕のあたりも、はっきりと撮れている。

ところが、〔パリ〕のコントアールの、その場所には、いつも何も置いてない。撮影した当日も、そうだったという。

故人が写真の中へあらわれるというはなしを耳にしたのは、めずらしいことではなかったけれども、見れば見るほど、そのガーベラの花のようなものが田尾さんの横顔に見えてくるのだった。

むろんのことに、ママは、亡き夫が写真にあらわれたと信じてうたがわない。

私が、はじめて田尾さんに会ったのは、戦前のことで、当時の私は、まだ少年と青年の間をうろうろしていた年ごろだったが、顔つきは老《ふ》けていて、二十四、五歳に見られた。そのころの私は、悪友でもあり親友でもあった井上留吉という男と、よく横《ハ》浜《マ》へ遊びに来たものである。

田尾さんのカクテル・バーは、当時の横浜でも有名で、物怖《ものお》じをせぬ私たちが出かけて行くと、田尾さんはジロリと見てから、物もいわずに〔オールドファッション〕をつくってくれた。

（若僧には、これがいいだろう）

ヨコ浜開港のころ
S.IKENAMI

と、おもったにちがいない。

その後、私たちは何度か〔パリ〕へ行ったが、そのたびに、田尾さんは〔オールドファッション〕を出してくれた。私たちも別に注文はしない。そんなところが気に入ってくれたのだろうか、あるとき、田尾さんはいきなり、いつものとちがう、さわやかな味わいのカクテルを出した。折しも夏の盛りである。

「これ、何です？」

問いかけた私に、田尾さんは、はじめて笑顔を見せ、

「ギムレット」

と、こたえた。

田尾さんは若いころに、貿易商社の支店長として、南米のブエノスアイレスにいたが、関東大震災を機に横浜で店をひらいた。カクテルとダンスの蘊蓄《うんちく》はブエノスアイレス仕込みだったのであろう。

私たちが行ったころの〔パリ〕には、田尾さんのほかにバーテンダーもいたし、礼儀正しく美しいドア・ガールもいて、実に、たのしい雰囲気《ふんいき》だった。亡き大佛次郎《おさらぎじろう》氏も、この店を愛し、たしか御自分の小説にも書かれたはずだ。大佛氏は亡くなる数日前に、東京の病院からぬけ出して、いまの〔パリ〕へ別れを告げに来られたという。

戦災後、横浜の諸方を転々として、現在の常盤町へ落ちついたのが昭和三十八年で、

それから二年ほど後に〔パリ〕へ行ったきり、私と横浜とは縁が切れてしまった。

いまのママの幸子さんは、はじめ、田尾さんの養女だったのだが、先夫人の病歿後に、田尾さんと結婚した。田尾さんとの間に一子がある。田尾さんが実に六十六歳のときの子で、健康な田尾さんは七十八歳まで、プールでの水泳をたのしんでいたそうな。

田尾さん亡きのち、ママは一人きりで店を切りまわしている。
〔パリ〕へ来たら、何といってもカクテルである。田尾さん仕込みのママの腕前は「私は、とてもとても、田尾のようにはいかない」というが、本格的な、すばらしいカクテルだ。いまは有名なカクテルになってしまっている〔チェリー・ブロッサム〕は、田尾さんが考案し、国際コンクールで賞をもらった甘口のカクテルである。
「いまの横浜は、もうダメになってしまって……」

と、ママは嘆くが、このママのいる〔パリ〕のコントアールでカクテルを味わっていると、

（此処《ここ》だけに、むかしのハマが残っている……）

そうおもわずにはいられない。

いま一つ、横浜には古いなじみの〔スペリオ〕という酒場がある。

〔スペリオ〕は、むかし、港に近い弁天《べんてん》通りにあった。外人向けの商店や、しゃれたレストランが立ちならび、いかにもしっとりとしたエキゾチシズムがただよっていた。

当時の〔スペリオ〕は、酒場というよりカフエだった。

そこに石川貞さんというホステスがいて、私は、この人を〔スペリオ〕のママだとばかりおもいこんでいた。大柄の、目のさめるような美人だった。

私と井上留吉は〔スペリオ〕で鰈《かれい》のフライか何かで白葡萄酒《しろぶどうしゅ》をのんだりして、ホステスたちにからかわれながらも、何だか一人前の大人になったような気分がしたものである。

私は、よくよく横浜に縁があるとみえて、戦争中に海軍へ入ったが、やがて配属されたのが横浜の外れにある磯子《いそご》の〔八〇一航空隊〕だった。

配属されて第一回目の外出日に、先《ま》ず、私は弁天通りの〔スペリオ〕へ行った。

横浜の海軍は、東京へ外出することを禁止していたので、私は〔スペリオ〕の電話を借りて、東京の家へ連絡をとるつもりだった。

戦争中のことでもあり、しかも真昼の〔スペリオ〕は商売をやめてしまったかのように索漠《さくばく》とした感じだったが、声をかけると、浴衣《ゆかた》姿の石川貞さんがあらわれ、

「あら、正ちゃん、海軍？」

目をみはっていう。

「残念ながら……」

「あんたなんか、海軍へ入ったら、ひょろひょろしていて死んじまうんじゃない？」

と、やっつけられた。

戦後、石川貞さんは〔スペリオ〕をゆずり受け、ママとなって、常盤町へ店を出した。

戦後に、何年ぶりかで〔パリ〕のカクテルを味わった同じころに、私は〔スペリオ〕の看板を見て、びっくりした。同行の老友に尋ねると、まさに、以前は弁天通りにあった〔スペリオ〕だというではないか。

すぐに入ってみたが、折しも石川貞さんは故郷の長崎へ行っていて留守だった。

そして、そのころ、ホステスをしていた野村君江さんが、いまの〔スペリオ〕のママになっている。

(そのうちに……そのうちに……)

そうおもいながら、石川貞さんとの再会をたのしみにしていたのだが、間もなく貞さんは急死してしまった。残念でならない。

いまのママの野村君江さんも、おっとりとした人柄の、おだやかで人情の厚い人である。

〔スペリオ〕の内部も〔パリ〕と同じように、むかしの横浜を偲《しの》ばせる。

いまどきの、けばけばしいクラブや酒場にはない落ちつきがある。

〔スペリオ〕も、ママがひとりでやっている。

「このほうが気楽でいいんですの」

と、ママがいうように、近ごろの若い女たちは、まことに使いにくいらしい。

人間の世の中に大切なのは、物事を持続させることなのだが、いまはすべてにわたって、不安と焦燥《しょうそう》が持続をゆるさぬ。
〔パリ〕と〔スペリオ〕のママが、むかしの横浜を持続させているのは、奇蹟《きせき》に近いようなおもいがする。

＊パリ　横浜市中区常盤町三ノ二七　千草ビル一F　tel. 045（641）7533

おでんとあぶり餅《もち》など——京都〔蛸長《たこちよう》〕〔かざりや〕他

歌舞伎《かぶき》の世話狂言〔四千両小判梅葉《しせんりようこばんのうめのは》〕は、河竹黙阿弥《かわたけもくあみ》が明治十八年に書きおろし、五世・尾上菊五郎と七世・市川団蔵によって初演された。

この芝居は、安政のころに江戸城の御金蔵《ごきんぞう》が破られ、四千両が盗みとられた事件を、実説に近い人物を登場させて黙阿弥が執筆したといわれている。

初演から遡《さかのぼ》って約三十年前の、この事件があったころ、徳川幕府は崩壊の一歩手前にあり、それから十二、三年後には、明治新政府の誕生を見ることになる。

〔四千両〕は後年、六世・尾上菊五郎と初代・中村吉右衛門によって、初演以来の名舞台を再現した。

その第一幕は、四谷御門《よつやごもん》外の夜の濠端《ほりばた》で、野州無宿《やしゆうむしゆく》の入墨者《いれずみもの》の富蔵《とみぞう》が、おでんと燗《かん》酒《ざけ》の屋台を出している。

そこへ、御家人《ごけにん》くずれの浪人・藤岡藤十郎《ふじおかとうじゆうろう》が通りかかり、むかし藤岡家に奉公をしていた富蔵とめぐり合い、語り合ううちに、悪事の相談がまとまる。

藤十郎が「そうして貴さまが悪事をする、大きな事と申すのは？」と躰《からだ》を乗り出すのへ、富蔵が「わっちが大きな事をするのは……」いいさしてあたりを窺《うかが》いつつ「おでん燗酒、甘いと辛い」と、よび声をあげ、あたりを見まわしてから「わっちが目ざす所というのは、公方様《くぼう》の御金蔵さ」と、たくらみを打ちあける。

終戦後間もなく、久しぶりで帝国劇場で菊・吉の〔四千両〕が出たとき、友だちと二人で観《み》に行って、終演後の荒廃しつくした暗い街を歩みながら、

「早く、おでんが食べられるような世の中になるといいなあ」

「そんな世の中が、やって来るかしらん」

空腹《すきばら》を抱えて語り合ったことが、つい昨日のようにおもわれてくる。

おでんはおろか、敗戦国民のわれわれは、三度の食事もろくに摂《と》れなかったのだ。

さて……。

〔四千両〕の序幕で、富蔵が芋の田楽《でんがく》に唐辛子《とうがらし》を添え、通りがかりの中間《ちゅうげん》に食べさせるところがあって、その中間が富蔵に「お前の味噌《みそ》は、めっぽうけえ味がよくついている」という。

してみると、幕末の、このころまでのおでんというのは、やはり、味噌田楽が主体となっていたようにもおもえる。

しかし、いまの私たちが口にしている煮込みおでんも、このころには誕生していた。

〔四千両〕の富蔵
おでん

私が子供のころ、荷をひいて町すじをながして歩く〔おでん屋〕は、かならず、煮込みと味噌の両方を売っていたもので、子供たちには、やはり甘い味噌の香りがする芋やチクワやコンニャクに人気があつまっていた。

七つか八つの私は、コンニャクの味噌おでんが大好きで、母に「コンニャクは何から出来るの？」と尋《き》いたら、無責任な母は「コンニャクは消しゴムからできるのさ」と、こたえた。

この冗談を真《ま》に受けて、数日後に小学校の先生にはなしたら、先生が腹を抱えて笑い出し、

「ふむ。池波のお母さんには滑稽味《こっけいみ》があるな」

と、いった。

この〔滑稽味〕という言葉も、よいではないか。

京都には、四条の南座の裏手に〔蛸長〕という、三代もつづいているおでんの老舗《しにせ》がある。

この店で、聖護院大根《しょうごいんだいこん》や、飛竜頭《がんもどき》、コロや海老芋《えびいも》、湯葉《ゆば》など、京都らしいおでん種で酒をのむのは、私のたのしみの一つである。

ことに名物の蛸は、仕込みから下ごしらえに至るまで、長年の蓄積があればこその

旨《うま》さだ。

〔蛸長〕は、関西でも一、二をあらそう古い店で、そもそも、煮込みのおでんというものは江戸に発生しながら、それが一種の料理屋としての店構えをするようになったのは、関西での発展によるところが大きいのである。

〔蛸長〕の現当主（越浦長治）は、若いころから親切な人で、私が初めて、この店へ入った二十年も前から、人柄《ひとがら》は少しも変らず、客あしらいが、まことにやさしく、やわらかい。この店の蛸のように……。

「ま、行ってごらん。いまの世の中にも、安くて旨いというものがあるのだから……」

と、私は京都へ行く若い友人たちへ、蛸長の存在を知らせてやる。

そして彼らは、一度行ったら最後、たちまちに蛸長のファンとなってしまう。

京都にいて、のんびりとした時間があるときは、ホテルで昼近くに目ざめて、コーヒーだけをのみ、紫野の大徳寺に近い今宮《いまみや》神社へ出かけて行く。祭神は大国主命《おおくにぬしのみこと》・素《す》戔嗚尊《さのおのみこと》などで、約二千年も前からの由来《ゆらい》がある。

毎年五月十五日におこなわれる今宮神社の例祭に先立つ四月十日の〔やすらい祭〕は、京都の三大奇祭の一つである。

冬の日の今宮神社の境内は、まことに静かなもので、参拝をすませてから東門を出ると、その参道の両側に名物の〔あぶり餅屋〕がある。

私は、いつも〔かざりや〕というのへ入る。江戸のころを想《おも》わせる店構えも、いまはところどころに手を加えはじめたようだが、それでもまだ、古めかしい縁台《えんだい》に腰をかけて、おばあさんが焙《あぶ》ってくれる餅を食べていると、なんだか自分の頭にチョンマゲでものっているような気分になってしまう。

小さな餅に豆粉《まめのこ》をまぶして竹の串《くし》へ刺し、炭火で焙ってふくれてくるのを、鉢の中のタレ（白味噌と砂糖）につけ、木皿《きざら》へのせて出す。

その焙りたての旨さもさることながら、このあぶり餅には、まさに江戸のころの風味が残されており、周囲の環境と呼吸を合わせ、見事に一つの〔日本の情景〕をつくりあげているのだ。

ことに雪の日でもあれば、尚更《なおさら》に、古きものをなつかしむ人びとをよろこばせるだろう。

時代劇のロケーションにも、何度か、この〔あぶり餅屋〕がつかわれてきている。

京都には、まだまだ、このような食べ物が残されている。

美しい上賀茂《かみがも》神社の社前に、つつましやかな店をかまえる〔神馬堂《じんばどう》〕の焼き餅も、その一つで、私はよく、これを買って来て、夜更《よふ》けのホテルで食べたり、みやげに買って帰ったりする。

薄い餅の皮で小豆《あずき》の餡《あん》を包み、一文字の薄釜《うすがま》で、こんがりと両面を焼いた香《こう》ばしさ。食べ残して固くなった餅をフライパンで軽く焙ると、また、その香ばしさがもどってくるのだった。

＊蛸長　京都市東山区宮川筋一ノ二三七　tel. 075（525）0170
＊かざりや　京都市北区紫野今宮町九六　tel. 075（491）9402
＊神馬堂　京都市北区上賀茂御薗口町四　tel. 075（781）1377

ビーフカツレツとかやく御飯——大阪〔ABC〕〔大黒〕他

むかし、芝居の仕事をしていたときは、劇団（新国劇）の大阪歌舞伎座公演に同行し、脚本を書いたり、翌月の東京公演にそなえての稽古《けいこ》のために、大阪へ一カ月近くも滞在することが多かった。

そのころのなじみの旅館や料理屋の大半が、いつの間にか消えてしまったけれども、大阪へ行くと、むかしと少しも変らぬ商売をしている店が、いくらかは残っている。

南の難波《なんば》新地の洋食屋〔ABC〕と、すぐ近くの道頓堀《どうとんぼり》二丁目の〔大黒〕も、そうした店の雰囲気《ふんいき》と味を、むかしのままに保ちつづけている。

物事の良さを長年にわたって持続して行くことが、まことにむずかしい時代となっただけに、両店とも相応の苦心があるにちがいない。

その苦心とは、

「よいものを、なるべく、お客に負担をかけぬように提供する」

このことであろう。

〔ABC〕のビーフカツレツが、

むかしの〔ＡＢＣ〕

「そりゃあ、うまいですよ」

と、私に教えてくれたのは、いまは亡《な》き作家の秋田実氏だった。

そのころの〔ABC〕は、小さな古びた洋食屋で、時分《じぶん》どきは、客ではち切れんばかりだった。

いまは少し店をひろげ、すっかり改築したが、その親情のこもったサーヴィスと料理の味は、いささかも変らない。

えらびぬいた牛肉の、雌のヒレのカツレツをレアにして揚げてもらう。白い皿の上でタップ・ダンスでも踊りそうな、活《い》きのよいビーフカツレツだ。

この店の洋食の旨《うま》さは、つけ合わせの野菜ひとつにも、丹念な仕上げがなされていることを見てもわかる。

ビーフカツレツの後では、これも秋田実氏の大好物だったカレーライスである。肉も野菜もすべてカレーソースへ溶かし込んで形をとどめない独自のカレーライスだ。

むかしはカツレツなり、ステーキなりを食べた後で、カレーライスを三人前とり、若い文芸部員と一人前半ずつ食べられたものだが、いまはもういけない。料理の後で、一皿を二人で食べるのが、ちょうどよい。
〔ABC〕は終戦直後の開店で、親子から孫にいたる三代の常客《じようきやく》も多い。以前、開店三十年記念のパーティをやったとき、五十人へ通知を出したら、四百人もの常客がホテルの会場へつめかけたそうな。

戦前に、ニューヨークで修行をした主人は亡《な》くなったが、未亡人が元気だし、長男が支配人で、チーフの安藤さんという人は十六のときからつとめている。

ともかくも、何を食べても旨い。

女主人が漬けこんだ香の物や、ほうじ茶が出るのもうれしい。

ほんとうに「良い匂《にお》いのする……」洋食屋だ。

〔大黒〕の、昆布《こんぶ》と鰹節《かつおぶし》の煮出汁《だし》で炊《た》きあげた、油揚げ・コンニャク・ゴボウのまぜ御飯――すなわち〔かやく御飯〕は、新国劇の辰巳《たつみ》柳太郎の大好物だ。いまも大阪へ出演するときは、かならず顔を見せる、というよりは、毎日のように通っているにちがいない。

私が新国劇と共に大阪で仕事をしているときなど、

「おい、飯に行こう」

と、いうので、連れ立って行くと、これがもう、毎日のように〔大黒〕なのだ。

（またかい……）

さすがの私が、うんざりするほどに、辰巳柳太郎は〔大黒〕が好きだった。

かやく飯もそうだが、季節の魚を上手に焼いて出す。これが魚好きの辰巳にはたまらないらしかった。

ハマグリや皮クジラ、豆腐などの味噌汁《みそしる》。

それに、なんといっても、この店の粕汁《かすじる》が旨かった。

当時、かやく飯は百円か百五十円ほどだったろう。

これを折《おり》に入れてもらい、ホテルへ持ち帰り、脚本を書いていて夜半におよぶと、冷たくなった〔かやく飯〕を夜食にしたものだ。それがまた旨い。

むかしのメニューは、これだけだったが、いまの三代目の主人《あるじ》・木田太郎さんの代になってから、種々の野菜などを使った酒の肴《さかな》もできるようになった。

私たちが「おばさん」とよんでいた当主のお母さんは、すでに亡くなっている。

そこで、証券業界紙の記者だった息子さんが店を継いだ。

この人の、小学校一年生の次男が、

「ぼくが、お店をやる」

と、たのもしいことをいうそうだ。

「どうやら、四代目まで行きそうです」

と、木田さんはいった。

ところで、辰巳と〔大黒〕で食事をすませた後は、きまって、御堂筋《みどうすじ》を東へわたったところにあった〔サンライズ〕というコーヒー店へ入る。

コーヒーが旨いのはむろんのことだが、主人夫婦の人柄《ひとがら》を好む常連が朝の開店を待ちかねて顔を出す。辰巳柳太郎も私も、その中の一人だった。

〔サンライズ〕の主人は、

「このあたりが、こんなにさわがしくなったのでは、もう商売をする気にもなれません」

と、いい、数年前に店を親類の人にゆずり、郊外へ引きこもってしまった。その〔サンライズ〕は、店を宗右衛門《そうえもん》町に移して、いまも健在だ。

東京と同様に、大阪も変貌《へんぼう》した。

日中は、地下鉄から地下街まで、あふれ返るような混雑が絶えぬほどの人の群れは、夜の八時ともなれば郊外のマンションやらアパートやらへ引きあげてしまい、大都市は、たちまちに空洞化《くうどうか》してしまう。

むかし、北の新地あたりに、中年の女性がひとりでやっている酒亭《しゅてい》があった。この店の酒の肴は伊豆《いず》から取り寄せたワサビ一品で、摺《す》りおろしたワサビをなめながら、酒をのむ。

しずかな、この酒亭の名を〔ひとり亭〕といった。

二十何年も前の私は、ここで一升のんでも平気で、翌日は芝居の稽古ができたものだった。

先日、久しぶりで大阪へ出向いた折に〔ひとり亭〕を探しまわってみたが、どこにあるのやら、新しいビルディングの群れは、ささやかな酒亭などを押しつぶし、消滅させてしまったのであろうし、いまは、あのような、女ひとりが気ままにやれた商売など、存在をゆるしてもらえぬ世の中になってしまった。

「むかしの大阪は、金があればあるように、なければないように、気楽に暮せたところでしたけど……」

と、同行の大阪在住の古い友だちが私にいった。

〔ひとり亭〕が見つからぬままに、

「ダメだよ、もう……ぼくなんか、東京で生まれ育っていながら、いまの新宿あたりへ出ると迷子《まいご》になっちまうもの」

「まさか……」

「いや、ほんとうだ」

いつしか、私たちは、ビル群の谷間へ埋め込まれたような、お初《はつ》天神の境内へ足を踏み入れていた。

「あ、そうだ。まだ残ってますよ、残ってますよ」

と、友だちが叫ぶようにいい、私の腕をつかんで、境内の一隅へ連れて行った。

「ふうむ。残っているねえ……」

七、八人も入れば一杯になってしまう小さな店〔阿《あ》み彦《ひこ》〕が、まさに、むかしのままに残っていた。

この店は焼売《シユウマイ》屋である。ちょっとギョーザに似た独特のシュウマイを鉄鍋《てつなべ》で炒《い》りつけて出す。

そのときに、豚の骨の髄《ずい》からとった白濁のスープが出る。これが冬の夜更《よふ》けの酔後に旨い。

「どうです、入りましょうか?」

「いうまでもない」

＊大　黒　大阪市中央区道頓堀二ノ二ノ七　tel. 06（6211）1101

＊阿み彦　大阪市北区曾根崎二ノ五ノ二〇　tel. 06（6311）8194

焼売《シウマイ》、餃子《ギョーザ》、中華蕎麦《ラウメン》など——横浜〔清風楼《せいふうろう》〕〔蓬莱閣《ほうらいかく》〕他

私の亡師・長谷川伸は、老齢に達しても好奇心を失わぬ人だった。

もう二十何年も前のことだが、浅草の国際劇場のレビュー〔夏の踊り〕を観《み》に行き、ライオンに扮《ふん》した小月冴子《おづきさえこ》が踊る〔アフリカ〕のナムバーがすばらしかったので、それを私が語るや、すぐに観に行かれて、つぎに私が訪問したとき、

「小月のライオン、観てきたよ」

と、いわれた。

ちょうど、そのころだったろう。

「ぼくが若いころ、横浜《ハマ》で労働して暮していたとき、仕事が終ると先《ま》ず、ラウメンを食べたね。余分に金が入ったときは、ラウメンのほかに焼売をやった」

「先生。毎日、ラウメンで飽きませんでしたか？」

「飽きない。そのころのハマのラウメンは、ぼくを飽きさせなかったよ。それほどに旨《うま》かったのだ。君はこのごろ、ハマへ行くかね？」

「行きます」

横浜開港のころの冷水売り

「旨いラウメン、知ってる?」

「AとBなんか、旨いとおもいます」

長谷川師は絶対に「ラーメン」とはいわなかった。「シュウマイ」ともいわなかった。

しばらくして、師は、年少のころからの旧友・内山順氏に招かれて横浜へ行ったとき、私が告げた二つの店で中華蕎麦《ラウメン》をこころみられ、

「君、行ったよ」

「いかがでした?」

「ダメだ」

と、にべもなかった。

そこで、つぎに、横浜の清風楼の焼売《シウマイ》をみやげにして持って行くと、すぐさま、こころみられて、

「君。このシウマイはむかしの味がするね」

と、いわれたものだ。

人も味も、時代が生むものだが、私なども若いころは、老人たちが何事につけ「むかしとは、くらべものにならない」という言葉に反撥《はんぱつ》をおぼえた。それがちかごろは若者たちから反撥をくらう年齢になり、そうなると、やはり「むかしとは、くらべも

のにならない」と、いいたくなってくる。だから、私が若いころの老人たちのむかしは、どのようによかったろうかと想《おも》う。

近ごろ、新国劇の創始者・沢田正二郎が演じた国定忠治を映画（無声）で観せてもらい、その迫力に圧倒された。

長谷川師が「沢田はすばらしかった」とか「あんな役者……いや、人間は、もう出て来ないだろうね」などというたびに、私は信じられぬおもいがしていたのだが、今度、古ぼけて雨ふりだらけのフィルムの沢正《さわしょう》を観て、ほんとうにおどろいてしまったのだ。

だから、いまは素直に、たとえば、私が知らぬ九代目・団十郎や五代目・菊五郎は本当にすばらしかったのだろうし、亡師がいうハマのラウメンも、いまとは比較にならぬほど旨かったのだろうと考えている。

そもそも、料理の材料からして、むかしといまとでは……などと言うのはやめて、長谷川師が「むかしの味がするね」といった清風楼の焼売は、私の大好物だ。

清風楼は終戦の年の十一月に開店したという。昨年に死去した陳治安さんが初代の店主で、現当主の吉田さん（日本に帰化）は二代目だ。

ここの焼売は豚肉と貝柱と長ネギのみを使う。

そして、化学調味料や胡椒《こしょう》などをいっさい使わぬ。それは、先代から受けつがれた調理の方法なのだろうし、長谷川師に、むかしの味を想い起させた所以《ゆえん》なのだろう。

先に、このシリーズで書いた横浜の酒場〔スペリオ〕のママも清風楼の焼売が好物で、ときには、ビールの肴《さかな》に一つ二つ、食べさせてくれることがある。

この店では何を食べても旨いが、私は上等の五目やきそばとネギそばが好きだ。夏の冷しそばも独特のものだ。

清風楼は中華街の表通りの南へ一筋《ひとすじ》入った通りにあるが、ちかごろ私が行きはじめた蓬莱閣も、すぐ近くにある。

店主の王宗俊さんが、この店をはじめたのは昭和三十三年だそうな。

王さんの父君は早く亡《な》くなっている。

「外国人であるために、就職が大変にむずかしく、それで、おもいきって店を出した……」

のだそうな。

王さんは、酒場〔パリ〕のママの息子さんとは県立・希望ケ丘高校ラグビー部の、先輩後輩の間柄である。

ところで、開店して、はじめはコックを雇っていたが、なかなかうまくゆかぬ。居つかないのだ。

そこで、王さん自身が調理場へ入ることになったわけだが、山東省《さんとう》に生まれた母上に教えられた餃子《ギョーザ》は、この店の売りものになった。

王さんにいわせると、餃子は、何といっても蒸《む》し餃子と水餃子に、

「トドメをさす」

ということだ。

蓬萊閣の餃子には、ニンニクが入っていない。そのかわり、ニラをつかって独自の味を出す。

ともかくも王さんは、苦労もしたろうが、自分ひとりで（母上の助力もあったろう）自分の店の味を開拓した。

そこには、日本に生まれ、日本に育ってきた王さんの味覚が物をいっているわけで、だからこそ、私たちが旨がるのだろう。

ここもまた、何を食べても旨いのだ。

醬牛肉《ジャンニウロウ》と称する牛肉の冷製に、味つけしたキュウリをそえた一皿など、実にしゃれているし、酸辣湯《サンラータン》もいい。豚の胃袋をボイルして、ネギやキュウリと共にソースで和《あ》えた一品もよいが、たとえば、

「今日の旨い魚を蒸して下さい」

といえば、店に適当な魚がないときは、近くの魚屋へ見に行ってくれて、調理してくれる。もっとも、いそがしいときにはたのめないが……。

そして、安い。

あまりの安さに、びっくりする。

「できるかぎり、安くて旨いものを食べていただきたい。ここは自分の家だし、コックは私だし、店のほうは家内がやってくれるので、いまのところは何とか、この値段でやっていけます」

と、王さんはいう。

よほどに、いそがしくなってくると、別に人をたのむらしい。

王さんは、炒《いた》め物が得意だ。

だから、この店の炒飯《チャーハン》は旨い。

中華街の、このあたりも、ずいぶんと変ってしまい、いつの間にか、以前に知っていた店が消えたり、新しい店が増えたりしているが、変貌《へんぼう》の度合いは東京とくらべものにならぬ。何年もかかって少しずつ変ってゆくのが中華街だ。

この通りの南側の細道へ入ったところにある〔徳記〕の手打ち麺《めん》も、ちかごろは有名になってしまい、東京からも食べに来る客が多いらしい。

愛想も何もない店だが、スープの味はさておき、亡師のいうラウメンの姿は、

(こんなのだったのではないかしらん)

と、おもうことがある。

このごろの私は、中華街へ行くと表通りの店よりも、山下町の裏通りを歩くことが多い。

ウイークデーの夕暮れなど、表通りのにぎわいが嘘《うそ》のように、落ちついた町の姿がある。

いまは消え果てた、東京の下町の匂《にお》いが、そこにはただよっているような想いさえする。

＊清風楼　横浜市中区山下町一九〇　tel. 045（681）2901

＊蓬莱閣　横浜市中区山下町一八九　tel. 045（681）5514

＊徳　記　横浜市中区山下町一六六　tel. 045（681）3936

パルメ・ステーキとチキン・チャプスイなど——京都〔フルヤ〕

さて、もう何年前になるだろう。

私が、まだ新国劇の芝居を書いていたころだから、二十三、四年ほど前のことである。

当時は、新国劇が戦後の全盛期を迎えたころで、私も劇団が大阪や名古屋で公演すれば、同行して脚本を書いたり、稽古《けいこ》をしたりしたものだ。

その日、そのときも、たしか新国劇の仕事で、夜は京都に泊り、日中は大阪の新歌《か》舞《ぶ》伎《き》座《ざ》へ出向いていたのだが、その日の前夜、東京から友人のWが京都の宿へやって来て泊ったので、翌日はWにつきあうことにした。

当時のWは、会社につとめていたが劇作家志望の青年で、ことに新国劇のファンだった。

Wは、生涯《しょうがい》に一度でもいいから、

「ぼくの書いた脚本を、新国劇で上演してもらいたい」

会うたびに、熱をこめて私へいう。

白川女の花売り

新国劇の島田正吾も辰巳《たつみ》柳太郎も、有名無名を問わず、

「よい脚本ならば上演する」

というスタアだったから、私はWに、

「書けよ。いいものが書けたら上演してくれるだろうよ」

と、はげました。

「たのむ。たのむよ」

「いいとも」

だが、いくら引き受けても、Wは脚本を書かなかった。

「題名だけは、きまっているんだけど……」

そういうものだから、

「何というのだ?」

「〔断崖《だんがい》〕というのだよ」

「いいじゃないか。で、どんなテーマなのだ?」

「それが、まだ、わからない」

これでは、どうしようもない。

会社から帰ったWは机の前へ坐《すわ》って、原稿用紙に〔断崖〕と書いてあるのを睨《にら》む。

いつまでもいつまでも睨んでいるが書けない。

三年間、睨んだが、ついに一枚も書けなかった。

「だめだ。あきらめたよ」

京都の宿で、Wはいった。

翌日、私たちは南禅寺、法然院《ほうねんいん》、銀閣寺とまわった。そのころは、まだ、白川女《しらかわめ》がむかしのままの民俗衣裳《いしよう》を着て、市中へ花を売りに来ていたものである。

Wは、泪《なみだ》を浮かべながら、

「書けなかった。ついに、ぼくは書けなかった」

何度も何度も、そういった。

いつしか私たちは、初夏の緑がしたたるばかりの並木にはさまれた通りへ出ていた。いまは〔御影《みかげ》通り〕とよばれている、京大の北側の通りである。

折しも夕暮れに近くなっていたので、

「どこかで、飯にしよう」

Wを、なぐさめながら歩いていると、細道の角に〔グラタンの店・ビーフシチューグリル・フルヤ〕と記《しる》した看板を見出したので、

「ここへ入ってみよう」

細道の右側に、小さな洋食屋があった。

ここで、私はビーフシチューを食べたのだが、それまでに諸方で口にしたビーフシ

チューとは、まったくちがった味わいに目をみはったものだ。

「うまいね」

と、Wもいった。

強《し》いていうなら、ポトフ（フランスのおでん）の味わいがする。

実に、めずらしかった。

このほど、二十何年ぶりに〔フルヤ〕へ通ってみたが、すべて、味わいはむかしのままだったが、主人の古屋美義《ふるやみよし》さん夫婦は、私同様、さすがに年輪を加えている。

今度、私は〔チキン・チャプスイ〕というものを、はじめて食べた。鶏とタマネギ、ジャガイモなどの野菜が入った実《み》だくさんのスープといってよい。煮出汁《だし》はセロリと鶏とガーリックであって、これまた、めずらしく、いかにも栄養が躰中《からだじゅう》へみなぎってくるようだ。

明治四十五年生まれの古屋さんは年少のころ、新大阪ホテルへ入った。それが、この道の出発で、それから銀座の資生堂、都ホテル、京都ホテルなどでつとめ、太平洋戦争に出征して、ガダルカナルで非常な苦労をしたそうな。

私が、はじめて〔フルヤ〕へ行ったころは、京都の人たちより、京都在住の外国人に評判だったらしい。

店は、古屋さん夫婦だけでやっている。

古屋さんの自慢は材料だ。

ことに、ビーフステーキにつかう近江牛《おうみ》は、私のような素人《しろうと》が見ても、

（なるほど……）

と、わかる。

古屋さんのステーキは〔パルメ・ステーキ〕と称する独特のものだ。これは開店当時からの常客で、スウェーデン人のアイナー・パルメ氏の意見をいれたオリジナルである。

そういわれてみると、北欧の味がせぬでもない。

開店したとき、最初にあらわれたのは、そのころの松竹映画・時代劇のスタア・高田浩吉だったという。以来、常客となっているそうだ。

むろんのことにコキールも旨《うま》い。

料理の間《あい》の手に食べる冷えたセロリの旨さ。肉も野菜も、仕入れは最高といってよい。

古屋さんの、職人気質《かたぎ》のみなぎった店なのである。

そして、妻女の、いかにもしとやかな、親切なサーヴィスも、一度来たら忘れられない。

「けれど、住居と店とを、いっしょにしたのは失敗でした」

と、古屋さんがいうので、

「そりゃ、どういうことです?」

「着るものへ、料理の油がしみこんでしまうのです」

「なるほど……」


さて……。

前にのべた友人Wのことだが、先日、久しぶりで会ったとき、

「ほれ、フルヤというレストラン、おぼえているかい?」

「フルヤ……さあ、わからない」

「京都のさ」

「ははあ……わからんなあ」

「わからなけりゃあ、それでいいさ」

「いったい、どういうことなの?」

「ま、いいよ」

「よかあない」

「いいよ、いいよ」

いまのWは体重八十五キロ。むかしの、キリギリスみたいだった面影《おもかげ》は、どこにも

ない。

Wは電機関係の会社をやっていて、軽井沢と伊豆《いず》に別荘をもっている。

「このごろ、芝居を観《み》るかい?」

「冗談じゃあない、池波さん。そんな暇、あるものか。あっはっはっは……」

ホットケーキとフルーツ——神田〔万惣《まんそう》〕

母が好きで、私も子供のころから食べさせられた所為《せい》か、いまでもホットケーキを食べる。

ホテルの朝食に、ホットケーキとベーコンを砂糖なしの熱いコーヒーでやるのは、私のたのしみの一つだ。

ところで……。

神田《かんだ》・須田町《すだちょう》の〔万惣〕のホットケーキを、はじめて食べたのは、たしか、小学二年生のときだから、私は八歳だった。

その年に、私の父母は離婚してしまい、私は母方の祖父の許《もと》へ引きとられた。

父は独《ひと》り身《み》になったわけだが、三カ月に一度ほどは私を訪ねて来て、外へ連れ出した。

「いま、お父さんはね、此処《ここ》に勤めているのだよ」

と、その日に連れて行かれたのが、神田の青果市場だった。父は青果市場の事務員になっていたのだった。

昭和初年の〔シネマ・パレス〕

〔万惣〕へ連れて行ってもらったのも、同じ日で、映画を観《み》てから父が私に「何が食べたい」と尋《き》いた。そこで「ホットケーキ」というや、父が「そうか。それなら、ちょうどいい」と、電車通りを向う側へわたると、そこに〔万惣〕があった。

「この店はね、果物《くだもの》屋さんだが徒《ただ》の果物屋じゃない。東京でも指折りの店だ」

と、父がいう。

「へえ。果物屋にホットケーキがあるの？」

「あるどこのさわぎじゃない。万惣のホットケーキは天下一品だ」

勤め場所から近いこともあって、父も、ときどき食べていたらしい。

たしかに〔万惣〕のホットケーキは、それまでに口にした、どこのホットケーキともちがっていた。

それから五、六年して、小学校を卒業した私は株式仲買店ではたらくようになった。私ははじめの店は茅場町《かやばちょう》の畚（やまでんた）という小さな現物店で、住み込みだった。私は、この店の主人《たいしょう》も、店の人たちも大好きだったのだが、三カ月でやめてしまった。何故《なぜ》やめたかというと、私は何としても住み込みの店員が厭《いや》だったからだ。住み込みだと、大好きな映画を月に二、三回しか観られない。通勤ならば、店からの帰り途《みち》に毎夜でも観られる。

つぎに私は、兜町《かぶとちょう》の松島商店へ入り、通勤の希望を果した。

そのころは、むかしからなじんだチャンバラ映画のみではなく、洋画のおもしろさをおぼえて、まだ観ていなかった古い洋画を、諸方の小さな映画館をまわって、それこそ毎夜のごとく観た。

その中でも神田の昌平橋に〔シネマ・パレス〕という映画館があって、アメリカ、ドイツ、フランスの名画をえらび、上映していた。ここで私は、ようやくにガルボやデイトリッヒや、若き日のゲイリー・クーパーや、ウォルター・ヒューストンやジーン・アーサーに追いついたのだった。

店を出て須田町でバスを降り、先《ま》ず〔万惣〕へ入り、ホットケーキを食べ、腹ごしらえをしてから〔シネマ・パレス〕へ駆け込むというのが、一週間に一度、かならずきまっていた。

その他の日は、他の映画館へまわる。

夜更《よふ》けに帰り、たっぷりと食べてから眠る。

当時、十三歳の私の給料は七円だったとおぼえている。

しかし、十六、七歳になり、生意気ざかりとなり、商売柄《がら》、母にも内密の金がふところへ入るようになると、ホットケーキを食べてよろこんでいるだけではおさまらなくなってくる。

そこで、しばらくは〔万惣〕へ足が遠退《とおの》いてしまったのである。

〔万惣〕の創業は弘化三年（一八四六年）というから、幕末もいよいよ動乱期に入り、アメリカをはじめ、フランス、ロシア、イギリス、デンマークなどの軍艦や船が日本の海へあらわれ、長い鎖国の夢も破られ、内には反幕運動の火の手がさかんになるばかりという、大変な時代だった。

〔万惣〕の初代は、そのころに新潟から江戸へ出て来て、果物屋をはじめた。

むかしの果物屋には〔万〕の一字がよくついていたもので、戦前の新国劇で〔万常果物問屋〕という芝居を観たことがある。万惣は創業のころから神田・須田町の現在の場所にあった。現当主の青木惣太郎さんは四代目にあたる。

万惣は八階建のビルになったときいて、今年（昭和五十七年）の二月に、それこそ何年ぶりかで出かけてみた。

一階は果物売場。中二階がフルーツサロン、二階がフルーツパーラーである。

実に落ちついた美しいパーラーとなったばかりでなく、店員のサーヴィスは、先ず東京屈指のものといってよい。ポットのままで出す紅茶は香り高く、ブランデーがそえられているし、コーヒーも旨《うま》い。むろんのことに、私はホットケーキを食べてみて、これまた、むかしのままの味わいが保たれていることに感心をした。持続の美徳が消滅しつつある現代日本では、奇蹟《きせき》といってよい。小麦粉、卵などの材料をとろりと練りあげ、厚い赤銅板《しゃくどうばん》へ落して焼きあげるにすぎないように見えるホットケーキなのだが、万惣で五十年近くもホットケーキを焼きつづけてきた加茂老人は「自分で、うまく焼けたとおもうのは、一日にいくらもありません」と、いうそうな。

焼き方にもよるだろうが、万惣のホットケーキは、最高の小麦粉、卵をえらびぬいてつくられる。

そこが、ちがう。

果物店として、世に知られている誇りが、そうさせるのだ。

少年のころは、あまり果物などを好まなかった私だが、夕暮れの町を万惣の前へさしかかると、各種果物の芳香が路上にまでたちこめていて、うっとりとなったものだ。

その芳香に、こころひかれて、ホットケーキの後のコーヒーで食べるメロンやオレンジ、白桃などの旨さは、たとえようもないものだった。

ことに、浅草の家の近くの八百屋から買ってきた枇杷《びわ》や梨《なし》にくらべると、万惣のそれは、まるで別の名前の果物としかおもえなかったものだ。

〔万惣〕は、ホットケーキにせよ、フルーツにせよ、その仕入れのルートと、品物のえらび方において、他の追従《ついじゅう》をゆるさぬところがある。

ホットケーキなどでも、この製法を盗むために入店してきて、ついに、

「まねができない」

と、いうことになるらしい。

生クリームをかけたり、苺《いちご》や、餡《あん》をつけたりするホットケーキなら、いくらでもまねができよう。

しかし、材料へかたむける店主の情熱だけは、まねしきれないのだろう。

万惣は、さほどに個性をもった店なのである。

〔万惣〕の五階と八階に設けられたレストランのフランス料理が評判なのも、同じ理由からだとおもう。

なんとなく、このごろは神田へ出ると万惣へ立ち寄る習慣がついてしまった。

万惣のフルーツパーラーで、ホットケーキやフルーツカクテルなどを口にしながら、わずかに、むかしの面影《おもかげ》をとどめている須田町の交叉点《こうさてん》の風景をながめるとき、私の脳裡《のうり》に浮かびあがってくるのは、二十二年前に死去した父の顔や姿だ。

父は母と離婚してから、ついに再婚をしなかった。

＊万惣　東京都千代田区神田須田町一ノ一六　tel. 03（3254）3711

饂飩《うどん》と日本風中華――京都〔初音《はつね》〕と〔盛京亭《せいきんてい》〕

むかしの東京の子供は、蕎麦《そば》だの饂飩などを好んで食べなかった。

いや、どこの子供でも、麺類《めんるい》よりもカツレツやチキンライスのほうが、いいにきまっている。

ところで、私が生まれてはじめて箱根を越え、京都・大阪へおもむいたのは、十七か十八のころだ。

当時の私は株式仲買店につとめてい、他の仲買店にいた悪友・井上留吉と、

「どうだい、上方《かみがた》へ行ってみようじゃないか」

「いいな。土曜の夜行で向うへ朝着いて、見物をして、日曜の夜行で帰って来て家《うち》へ帰らず、東京駅から店へ直行すれば月曜の前場《ぜんば》（取引所の午前の取引）に間に合うぜ」

と、井上がいうのへ、

「冗談いうな。せっかく上方へ行くんだ。向うで二、三日は泊るんだ」

「それも悪くないね」

当時の私たちときたら、

「向う見ず……」

そのものであって、何事に対しても臆《おく》するところがなかった。

早熟だったし、井上も私も余所目《よそめ》には二十二、三歳に見えたらしい。

当時の二十《はたち》前の若者が煙草《たばこ》を吸っているのを警官（当時は巡査《じゅんさ》といった）に見つけられて警察へ引っ張って行かれたなどと、よく耳にしたが、私も井上も警官の前を平気で、くわえ煙草で通りすぎて咎《とが》められたことは一度もない。

実は、このときはじめて、本格的なホテルというものへ泊ったのだ。京都の都ホテルだった。

それというのも、井上が自分の店の外交員たちが、

「何といっても、京都の都ホテルはいいね」

「ありゃあ、いい」

と、語り合っているのを耳にしたからでもあり、私は私で、俳人の日野草城《ひのそうじょう》が新婚旅行に都ホテルへ泊って詠《よ》んだ、

〔をみなとはかかるものかも春の闇《やみ》〕

という、まことに悩ましい句を、日野氏の句集で見たからでもある。

井上が、店の電話で都ホテルへ予約をし、

「おい、波さん、ホテルが引き受けてくれたよ。ふしぎだなあ」

そういったのを、いまもおぼえている。

このとき、はじめて見た洋式バスルームで弥次喜多《やじきた》さながらの醜体を演じたことを思い返してみると、われ知らず笑いが込みあげてくる。

井上は、洋式便器のために、肝心のモノが出なくなってしまったものだ。なに、ホテルには各階の便所に和式のもあったのだが、私たちはホテルのは、みんな洋式だとおもいこんでしまった。

「ホテルなんて、まったく不便なもんだ」

と、井上留吉は叫んだ。

さて、京都駅へ早朝に着くと、ひどく腹が減っている。

そこで取りあえず、都ホテルへ行く前に駅前の食堂へ入り、私は親子丼《どんぶり》、井上は肉うどんを食べた。

するとと井上が、

「ふうん……こいつはうまい。このうどんはたまらねえ」

と、いう。

「うどんなんか、うまいわけがねえ」

「いや波さん、そうじゃない。京都のうどんは東京のとちがうぜ。ま、食べてごらんよ」

そこで、井上のうどんを一口やってみると、まさにうまい。薄味《うすあじ》の汁《つゆ》が、なめらかなうどんにぴたりと似合っている。東京の辛《から》い汁のうどんとは、まるで味がちがう。

これなら蕎麦もうまいだろうと、こころみてみたが、これはどうも、私たちにはいけなかった。

京・大阪のうどんのうまさについて、くだくだしく書きのべるにもおよぶまい。名の知れた有名店でなくとも、どこの店でもうまい。

四十年も前のうどんの味は、いまの京都に正しく温存されている。

京都へ行って、うどんが食べたくなると、そこにある店へ安心して飛び込むが、祇《ぎ》園社《おんしゃ》の石段の傍《そば》にある〔初音〕は、私の行きつけの店だ。

老夫婦が、むかしのままにやっていて、何ともいえぬ雰囲気《ふんいき》がある。店主の小谷管次郎さんは間もなく九十になるし、妻女のはるさんは七十に近い。この夫婦の年齢に二十のへだたりがあるのは、さまざまに私の想像をかきたてる。

老店主は無口だが、妻女は明るくしゃべる。コロコロと笑う。

店の内部も、余裕《ゆとり》のあった時代そのままだ。

井上と、はじめて京都へ行ったときも、私たちは初音のうどんを食べている。それをいまもっておぼえているのは、ひとえに祇園社石段下という明確な所在地ゆえだ。

当時の〔初音〕は紅殻格子《べんがらごうし》の、古風な店構えだった。いや、京の町そのものがそう

祇園のおちょぼ

だったので、井上は、
「ねえ、なんだかチョンマゲをつけて歩いているようだなあ」
しきりに、私へいった。

祇園の北側、四条通りから路地を入った突き当りの小さな店〔盛京亭〕へ、今年になってから久しぶりで立ち寄ったら、せまい店内がきれいに改造されて、相変らず活《い》きのよい中華料理を食べさせてくれた。

この店は戦後に出来たのだが、二十五、六年前に、はじめて、ぶらりと入ったとき、祇園の芸妓《げいぎ》が〔おちょぼ〕を連れ、炒飯《チャーハン》を食べていた。おちょぼは祇園花街の小女《こおんな》で、芸妓の世話から使い走りなど、一日をはたらきぬく。これが成長して芸妓になったり、仲居になったりする。

このような場所柄《がら》、盛京亭の中華料理は、いかにも日本人の舌に似合う味だ。八宝絲と称する冷前菜、春巻、酢豚、やきそば、炒飯など、何を食べても旨《うま》い。目の前の調理場で、手ぎわよくつくられる料理を、板前ですぐに食べる。むかしにくらべて、いまのほうが味もすぐれてきて、だれを連れて行っても旨いという。

（ああ、もし、井上が生きていたら、この店など大好きになったろうに……）

いまさらに、そうおもう。

旨くて安価で、しかも、このあたりの客の舌によって磨《みが》きぬかれた洗練がある。

井上留吉は、酢豚が大好物だった。東京生まれの彼が、戦後に越後から出奔《しゅっぽん》して、行方不明になってから、もう二十年近くの歳月が経過してしまった。

最後の電話は、九州の福岡からで、

「また、近いうちに越後へもどるかも……そうしたら、また会えるね。波さんの本、読んでますよ」

これが最後で、消息の糸はプツリと切れたままだ。

＊盛京亭　京都市東山区祇園町北側　tel. 075（561）4168

牛乳、卵、野菜、パンなど——フランスの田舎のホテル

私の父方の先祖は、富山県の井波《いなみ》の宮大工で、それが天保《てんぽう》のころに江戸へ出て来た。以来、私で何代目になるかわからぬが、祖父の代までは宮大工をしていたのである。

そうしたことを、随筆に書いたこともあって、去年（昭和五十六年）に、井波の人びとが私を招いてくれたのが縁となり、今年もまた、井波へおもむいた。

二日目の昼飯に、町中《まちなか》の〔M〕という料理屋へ立ち寄った折に、井波のIさんが、

「うちの畠《はたけ》でとれたものです」

と、熟《う》れたトマトを持ってきてくれた。

すぐさま、口にしたが、東京で食べる水っぽいトマトとは全くちがう。私が子供のころに味わった味そのものだった。

いまでも、このような手づくりのトマトを一年に一度ほどは食べられることもあるが、東京に住み暮していたのでは、なかなかにむずかしい。

フランスへ行って、パリの料理店で食べるトマトは東京のよりはましだが、さしたることはない。

けれども、フランスの田舎をまわっていると、井波のIさん手づくりのようなトマトが食べられる。

私がフランスの田舎を、何の目的もなくめぐり歩くのは、何度も出かけて行って手ごころをわきまえている所為《せい》かも知れないし、日本の田舎が都会の侵蝕《しんしょく》にまかせて、けばけばしく荒れ果ててしまったのにくらべて、フランスの田舎は、あくまでも田舎そのものだ。いくら地図を持ってレンタカーを走らせていても、日が落ちてしまえば一面の暗闇《くらやみ》に星が光っているばかりで、看板一つ見えはしない。

こうした田舎の空気のうまさ、野菜のうまさについてはいうをまたない。

例外はあるにしても、何から何まで手づくりで、むろんのことに、パンもホテル手づくりのパンだ。

四年ほど前に、ガスコーニュの〔シャトー・ド・ラロック〕というホテルへ泊ったときの夕飯はさておき、翌朝に焼きたてのパンと自家製《メゾン》のバターやジャムを出されたときの旨《うま》さは、いまもって忘れがたい。

このホテルのみならず、田舎では、みんな自家製だが、このときは格別だったのだろう。あまりパンを好まぬ私だが、出されたパンの大半を食べてしまい、その残りをハンカチーフに包み、昼飯にもまた食べた。

フランスのホテルでは、パリでも田舎でもパンとコーヒーにミルクのみだが、毎朝、少しも飽きない。夕飯のときの季節の野菜や果物も、それこそ、むかしの味を保っている。

東京の女が、フランスの田舎へ行くと、田園にただよう肥料の臭《にお》いに、

「おお、くさい」

といって、顔を顰《しか》めるそうな。

そのくせ、その肥料で育った野菜を、

「おお、うまい」

といって食べるのだから、あきれかえる。

戦前の日本では、生活の重要な部分での接点があったので、東京人も肥料の臭いに顔を顰めるような、大自然に対しての無礼をはたらくことはなかったのである。

卵は卵、鶏は鶏、牛は牛、豚は豚、すべての食べものが本来の味を保有しているものだから、同行の、東京育ちの若い青年たちは、びっくりしてしまう。

卵を鉢《はち》へ割り入れると、黄身は、満月のように確固とした存在感をもって目に飛び込んでくる。

こうした卵を産む鶏が、どのようなものかは書かなくとも知れよう。

牛乳にいたっては、牛乳ぎらいの私が二杯も三杯も飲んでしまうのだ。

一昨年は、ロワール河沿いにブルターニュからノルマンディへ出たが、そこの古び

オンゼンのホテルにて

たホテル〔シャトー・ド・ラ・サル〕でのんだ牛乳の濃厚さは、胸にもたれるほどだった。

「死ぬ前に、一度、外国を見たらどうだ」

と、いくらすすめても、食べものに怖《おそ》れをなして、これまでは日本を離れなかった老妻も、今年のフランス・ベルギーの旅には、

「清水《きよみず》の舞台から飛び降りるつもり……」

などと、大仰《おおぎょう》なことをいって腰をあげたが、フランスの田舎の朝食を口にするや、

「これなら大丈夫です。また来ましょう」

とんだヤブヘビになってしまったが、米飯同様にパンと牛乳を好むだけに、大いに自信をつけて、

「パンと牛乳だけだって、十日や半月は平気です」

と、いい出した。

今年の旅では、ヨンヌ川沿いのジョワニイにある料理旅館〔ア・ラ・コート・サンジャック〕の朝飯がすばらしかった。

手づくりのジャムが五種類、焼きたてのパン。

そして、その日に、私たちはオルレアンを経て、シャンボールの城を見てから、オンゼンの田舎のホテル〔ドメーヌ・デ・オー・ド・ロワール〕へ泊った。このホテル

には一昨年にも泊っていて、はたらき者の少女給仕ドミニクのことを本に書いて、写真も入れたのを持参した。

玄関を入ると、いきなり、ドミニクが飛び出して来たので、

「おう、いたな」

と、日本語でいい、本をわたすと、眼を輝かせ、

「トレビアン」

叫んで、ドミニクは私に飛びついてキスしようとしたが、老妻に気づいて顔を赤らめ、本を抱きしめた。

どうも、こういうときは、老妻、邪魔になる。

一昨年は十六歳だったドミニクも、いまは十八の娘ざかり、肥っていた躰《からだ》もすっきりと細くなり、好きな相手もできたのだろう。

オンゼンのホテルの食事はうまい。

今度は、ソローニュ産の新鮮なアスパラガスやトマトを、たっぷりと味わった。

このホテルでは、自家製のフォアグラがあって、その生《なま》のやつをざっとソテーしたのがたのしみだったのに、いまはなかった。

森の中のホテルの空気は、なぜか旨い。

井波の朝の大気も旨い。

私が泊る宿は、有名な瑞泉寺《ずいせんじ》の門前にあり、朝の五時になると、鐘楼の鐘が鳴りわたるので、目がさめてしまう。

それから二時間もして朝の膳《ぜん》に向うのだから、米飯を二杯も食べてしまうのだ。

東京にいると朝昼兼帯の食事はトースト一枚にすぎない。

解説

川野黎子

当り前のことだが、よそさまの食事時にはあまりお邪魔しないようにしている。しかし編集者だと時にそうも云《い》っていられない場合もある。が、池波正太郎さんの原稿の早さは抜群で、締切り前、はるかに余裕をもって出来上るので、そういう不粋なことには先《ま》ずなりっこない。そうではあるのだが、何かの都合で夕食の時間の頃に来るようにと云われて伺ったことがある。

池波さんはお一人で食事を召し上る。池波さんの有名な嫁姑《よめしゅうとめ》操縦法の中の一つに、味つけでケンカをしないよう、奥様に先ず池波さんの食事を作らせ、そのお給仕で食べる。その間、お母様に御自身と奥様の分を作らせて、池波さんの食事の済んだところでお二人が一緒に食事をする、というのがある。

だから、その時も当然お一人で、小さな鉄板の上で器用に焼きそばを作っていらした。

「食べるか、うまいよ」

と云われ、勿論二つ返事でお相伴したが、変哲もない焼きそばが大層おいしかった(この秘密は隠し味にあった)。そのあとで頂いた奥様お手製のクリーム・コロッケも勿論、結構なお味だったが。

　今回、文庫になった『むかしの味』の中に、どんどん焼が出てくる。これは新潮社のクラブのロビーに合羽橋《かっぱ》から調達してきた大鉄板を据《す》えて、池波さん御自身が作られたのだが、焼きそばをはじめ、それまでエッセイの中でしかお目にかかれなかった鳥の巣焼、ポテト・ボール、おしる粉、カツレツ、パンカツなど珍しいものが、見事な手捌《てさば》きのうちに出来上っていった。なかでも鳥の巣焼とポテト・ボールは、鳥越神社近くに屋台を出す、役者と呼ばれた美男のおやじに、小学校五年生の池波少年が「こういうのを作ったら、うめえだろうな」と云ったことから、その屋台の名物になったもので、私たち担当者は出来上るそばから試食させて頂いたのだが、見た目といい、味といい、どうしてなかなかのものだった。

　池波さんの食に対する感覚の鋭さは、七つ八つの頃に既に芽生え、十歳の時に、広小路に出ていた屋台の〔牛めし〕を叔父さんに教わり、病みつきとなって通いつめる。「うめえ、うめえ」と声を発しながら食べる少年に、屋台のおやじはすっかり喜んでしまい、時には十五銭だった牛めしを十銭に負けてくれるようになる。(『青春忘れもの』)

錺《かざり》職人だった祖父に連れられて行った〔前川〕の鰻《うなぎ》。別れて暮していた父親と食べた〔万惣《まんそう》〕のホットケーキ。株式仲買店に勤めて一ぱしになった十代に通った〔新《しん》富《とみ》寿し〕の鮨《すし》、〔煉瓦《れんが》亭《てい》〕のポークカツレツや〔資生堂パーラー〕のチキンライス。ここらの撰択《せんたく》がやはり並みの子供と一味違う。更には青春時代から軍隊を経て、芝居に集中した時代に通った数々の店。

いつの間にか辞めてしまったり、味の全く変ってしまった多くの店の中から、未《いま》だむかしの面影《おもかげ》をとどめている店と味を求めて書かれたのがこの『むかしの味』である。そしてそれは又、味だけではなく、その店の人々との温かいつながりであり、なつかしい思い出であり、失われたものへの感懐でもある。

池波ファンなら絶対に見逃していない、食のエッセイに新風をまき起した傑作『食卓の情景』をはじめ、『散歩のとき何か食べたくなって』『よい匂《にお》いのする一夜』『味と映画の歳時記』等々の諸作品と同じく、食を書きながら人生を語る、池波正太郎氏の一貫した姿勢がここにもある。

「小説新潮」の編集者として、この『むかしの味』の取材に同行した私にとっては、単なる仕事以上に新しい発見があった。

ある夕方、駒形橋近くの〔前川〕に出掛けた。奥の離れ座敷からは護岸壁にさえぎられて、もう昔のように隅田川は見えない。けれども鰻の焼き上ってくるのを待ちながら、池波さんと向かい合っていると、私の頭の中に、名短篇《たんぺん》『あほうがらす』の幾つかのシーンが自然に浮かび上ってきたのだ。

堅物で通っていた神田の袋物問屋・和泉屋《いずみや》万右衛門が重病になり、見舞にきた弟・宗六に、二号の秘所の毛を一すじ持ってきてくれと頼む場面。更には、今は真面目《まじめ》にしているが、道楽者だった宗六の「あほうがらす」と呼ばれる蔭《かげ》の商売、それに絡《から》んだ万右衛門の秘密。そして死に臨んだ万右衛門が必死の思いで宗六の持ってきてくれた一すじの毛を燃やして息絶える結末の情景——。

これは私が昭和四十二年に池波さんの担当となって間なしに頂いた小説なのだが、人情の機微といったものを充分に書き尽したこの作品を読んだ時、ひたすら感じ入ったものだが、何とこれが、若き日の池波さんと〔前川〕のつながりから生れた小説だったのだ。それは本文をお読みになれば判《わか》るのだが、池波さんを〔前川〕に連れて行ってくれた現物取引店の主人《たいしょう》が重病になって、どうしても〔前川〕の鰻を食べたいと云い出し、池波さんが届けに行く。本文にはここまでしか書いてないが、一すじの毛云々《うんぬん》は実はその時、若く可愛《かわい》らしい講武所芸者をひそかに囲っていた主人《たいしょう》から、最後の頼みとして池波さん本人が依頼された事実だったのだ。(『食卓の情景』)

これは池波さんの小説作法の一例なのだが、このように池波さんを取りまく人たちと、思い出の一つ一つが、見事な糸を紡《つむ》ぎだすように珠玉の小説に生れ変っていくのだ。

そういうわけで〔前川〕の鰻は、私にとって、ただおいしく食べたというだけでなく、池波さんの小説世界の中に知らず知らずのうちに連れこまれていくという貴重な体験をもたらしてくれたのだ。

横浜の取材もそうだった。〔清風楼《せいふうろう》〕〔蓬莱閣《ほうらいかく》〕と中華街を食べ歩き、カクテル・バー〔パリ〕の今は珍しい立飲台《コントアール》の前に立ち、クラブというよりカフエといった感じの〔スペリオ〕のボックスに坐《すわ》った時、古き良き時代の落着きとなつかしさを感じたのと同時に、またしても私は、昭和四十三年に書いて頂いた『青春忘れもの』の中に登場した、磯子〔八〇一航空隊〕の池波一等水兵、そして戦前、戦後と何度となくここを訪れた池波さんの姿を思い浮かべてしまうのだった。それは池波さんの素晴らしい文章力によるものなのだが、その時々の状況が臨場感をもって蘇《よみがえ》ってきた。二人のママと池波さんの会話、美しい色のカクテル。秋の夜とハマの情景に見事にマッチしたむかしの味と店だった。

その他、文中に出てくる各店の人たちの端正なたたずまい、とびぬけた味と、リーズナブルな値段。又、大阪に行った時には、取材の合間に辰巳《たつみ》柳太郎氏を偶々《たまたま》出演中の楽屋に訪ね、昔よく通った〔大黒〕のかやく御飯と粕汁《かすじる》、〔サンライズ〕のコーヒーの話から、食べ物、役者、新国劇の思い出と、生き生き自在に飛翔《ひしょう》するお二人の会話に聞き惚《ほ》れるなど、二年間、本当に楽しい取材のお供だった。

経済や科学の発達は人々の生活を豊かに便利にすると同時に、人間の心の中から多くの大切なものを失わせていくようだ。なかでも人間が生きる上での基本となる〝思いやり〟の喪失は、日々のニュースに見られる救いようのない事件に現われ、やがて窮極の荒廃につながる暗い予感を与える。

「俺ァいいよ、もうじき死んじまうんだから。しかし君たちは気の毒だなあ、まだずっと生きなきゃならないんだから」

一頃、若い編集者を前にした時の池波さんの口癖だった。しかしニヒルにそう云いつつ、昔かたぎで律義な池波さんは、その失われつつある良きものを何とか、ほんの少しでも残したい、語りつぎたいと思っているに違いない。

『むかしの味』は、そういった池波さんの思いがこめられた作品だと思う。

（昭和六十三年九月、「小説新潮」前編集長）

この作品は昭和五十九年一月新潮社より刊行された。

池波正太郎記念文庫のご案内

上野・浅草を故郷とし、江戸の下町を舞台にした多くの作品を執筆した池波正太郎。その世界を広く紹介するため、池波正太郎記念文庫は、東京都台東区の下町にある区立中央図書館に併設した文学館として2001年9月に開館しました。池波家から寄贈された全著作、蔵書、原稿、絵画、資料などおよそ25000点を所蔵。その一部を常時展示し、書斎を復元したコーナーもあります。また、池波作品以外の時代・歴史小説、歴代の名作10000冊を収集した時代小説コーナーも設け、閲覧も可能です。原稿展、絵画展などの企画展、講演・講座なども定期的に開催され、池波正太郎のエッセンスが詰まったスペースです。

https://library.city.taito.lg.jp/ikenami/

池波正太郎記念文庫〒111-8621 東京都台東区西浅草 3-25-16
台東区生涯学習センター・台東区立中央図書館内 TEL03-5246-5915

開館時間＝月曜〜土曜（午前9時〜午後8時）、日曜・祝日（午前9時〜午後5時）**休館日**＝毎月第3木曜日（館内整理日・祝日に当たる場合は翌日）、年末年始、特別整理期間

●**入館無料**

交通＝つくばエクスプレス〔浅草駅〕A2番出口から徒歩5分、東京メトロ日比谷線〔入谷駅〕から徒歩8分、銀座線〔田原町駅〕から徒歩12分、都バス・足立梅田町－浅草寿町 亀戸駅前－上野公園2ルートの〔入谷2丁目〕下車徒歩1分、台東区循環バス南・北めぐりん〔生涯学習センター北〕下車徒歩2分

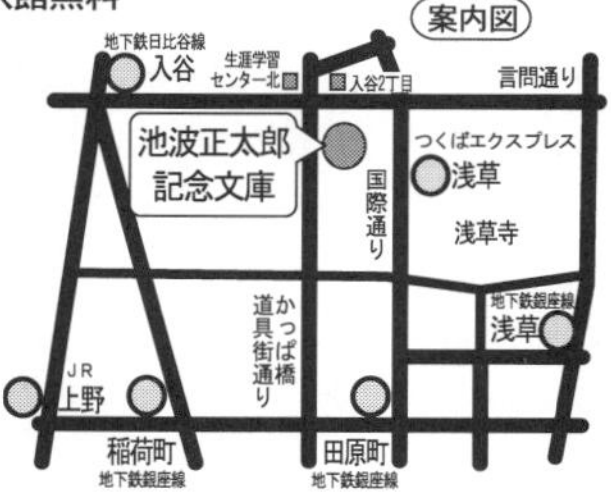

むかしの味《あじ》

新潮文庫　い－16－50

昭和六十三年十一月十日発行
平成二十年四月二十日四十一刷改版
令和四年十一月十五日四十九刷

著者　池《いけ》波《なみ》正《しょう》太《た》郎《ろう》

発行者　佐藤隆信

発行所　株式会社新潮社

郵便番号　一六二―八七一一
東京都新宿区矢来町七一
電話　編集部(〇三)三二六六―五四四〇
　　　読者係(〇三)三二六六―五一一一
https://www.shinchosha.co.jp

印刷・株式会社光邦　製本・株式会社植木製本所

ISBN978-4-10-115650-7 C0177